DOMAINE DU POSSIBLE

Face à l'intensification des crises, "Domaine du possible" propose un espace d'expression pour des idées, des pratiques et des expérimentations afin de s'opposer aux destructions et de repenser nos organisations sociales et nos relations avec les milieux vivants. Cette collection réunit des enquêtes situées, des témoignages et des manuels qui ravivent notre puissance d'agir et ouvrent nos imaginaires.

ACTIVISTE D'ÉLITE

DU MÊME AUTEUR

VANDANA SHIVA. POUR UNE DÉSOBÉISSANCE CRÉATRICE, Actes Sud, 2014 ; Babel n° 1762.
LE POUVOIR D'AGIR ENSEMBLE, ICI ET MAINTENANT (avec Rob Hopkins), Actes Sud, 2015.
TRAQUE VERTE. LES DERNIÈRES HEURES D'UN JOURNALISTE EN INDE, Actes Sud, coll. "Récits d'investigation", 2017.
LE CERCLE VERTUEUX (entretiens avec Nicolas Hulot et Vandana Shiva), Actes Sud, 2018.
L'ART DE LA FAUSSE GÉNÉROSITÉ, LA FONDATION BILL ET MELINDA GATES, Actes Sud, coll. "Récits d'investigation", 2019 ; Babel n° 1833.
LES 7 CABANES, Actes Sud, 2023.

Collection créée par Cyril Dion en 2011,
dirigée par Anne de Malleray

ISBN : 978-2-330-20986-5

LIONEL ASTRUC

Activiste d'élite

Méthodes et victoires de Lucie Pinson contre la finance fossile

ACTES SUD | DOMAINE DU POSSIBLE

SOMMAIRE

INTRODUCTION

ACTIVISTE D'ÉLITE

Jusqu'à présent la lutte contre le réchauffement climatique est un échec : non seulement le volume des émissions de gaz à effet de serre ne s'est pas stabilisé, n'a pas baissé, mais il a continué à augmenter fortement au cours de la dernière décennie selon le sixième rapport du Giec[1]. Cette déroute fait écho à d'autres batailles perdues telles que la lutte contre la pollution des océans, la dégradation des forêts tropicales et l'érosion de la biodiversité. Ces défaites suscitent une escalade de l'indignation dans l'espace médiatique, sur les réseaux sociaux, dans les discours politiques de tous bords et jusque dans les grandes entreprises, y compris les plus polluantes.

1. www.ecologie.gouv.fr/emissions-mondiales-carbone-ont-fortement-augmente-au-cours-derniere-decennie-des-solutions-existent

Un rouage manque entre les discours et les actes, entre l'engagement et la victoire : que nous soyons des individus concernés, des militants associatifs, des activistes ou des élus, etc., nous ne parvenons pas – ou si peu – à entraîner avec détermination notre modèle économique, étape par étape, vers un réel changement. Parce que nous pensons que dénoncer suffit et que les manifestations, les pétitions, les événements, les débats au sein des entreprises, des collectivités, l'implication bénévole ou encore les actions non-violentes apporteront gain de cause. Pourtant ce n'est pas le cas. Cette agitation cache en réalité une résignation qui touche autant les salariés, dont les convictions s'arrêtent trop souvent à la machine à café, que les ONG multipliant les campagnes sans se préoccuper réellement des retombées, répétant des demandes inadaptées, inapplicables par leurs interlocuteurs. Ces actions comme nos initiatives de manière générale sont trop souvent tacitement vouées à l'échec, sans que cela ne suscite de remise en question.

Lucie Pinson a identifié ce phénomène qu'elle appelle la "culture de la défaite" il y a une dizaine d'années déjà. Depuis, elle consacre sa vie à tenter d'inverser ce mécanisme. "La victoire s'obtient, dit-elle, en s'armant de méthodes rigoureuses, professionnelles, conçues et calibrées à partir du résultat recherché, en se dotant de moyens et d'outils à la hauteur des enjeux et des lobbys auxquels s'attaquer, en montrant une détermination absolue, jusqu'à obtenir gain de cause et en menant un rapport de force expert alternant dénonciation et dialogue." Il s'agit de mettre enfin "les mains dans le moteur", selon ses mots, pour comprendre – souvent mieux que les décideurs eux-mêmes – leurs points de blocage afin de les pousser, les aider, les contraindre à agir. Mais démontrer de manière factuelle que la victoire est possible et qu'elle dépend de nous est un défi ardu qui ne laisse aucune échappatoire : seuls les preuves tangibles et les résultats significatifs comptent. Autrement dit, pour montrer le chemin des victoires, il faut soi-même en obtenir !

C'est précisément ce qu'accomplit Lucie Pinson à travers sa lutte contre l'expansion de la production des énergies fossiles. Elle a choisi de traiter le problème à la racine : alors que les scientifiques préconisent de laisser les ressources fossiles sous terre[1] (si l'on souhaite réellement limiter le réchauffement climatique et en éviter les pires effets), cette industrie multiplie les projets d'expansion (charbon, gaz, pétrole). Déjà nombreux avant la guerre en Ukraine, ils sont renforcés et accélérés. Or ces chantiers climaticides, qui d'avance nous condamnent à l'aggravation des conditions de vie sur Terre, sont financés par les assureurs et les banques – notamment françaises – qui hébergent nos comptes, gèrent notre argent, et sans qui de tels projets seraient

1. www.nature.com/articles/s41586-021-03821-8

presque impossibles. Lucie Pinson a donc décidé de s'attaquer directement à ces financeurs afin de "couper le robinet".

Classée en 2023 par le magazine *Time* parmi les personnes les plus influentes au monde pour le climat, elle est la fondatrice de Reclaim Finance, une ONG comptant une quarantaine de salariés qui entendent "mettre le système financier au service des impératifs sociaux et écologiques et d'une transition vers des sociétés soutenables". L'activiste l'a créée en 2020, l'année où elle a obtenu le prix Goldman, une récompense perçue dans le monde entier comme un prix Nobel remis aux défenseurs de l'environnement. Cette distinction vient acter les victoires obtenues après sept ans de travail acharné, de 2013 à 2020 : Lucie Pinson est alors parvenue à convaincre les quatre plus grandes banques françaises de stopper leurs soutiens directs à de nouveaux projets de mines et de centrales à charbon puis à contraindre les assureurs français Axa et Scor à faire de même, ainsi que 43 banques et assureurs internationaux. Son action a également conduit 29 groupes financiers français, dont des investisseurs, avec plus de 7 000 milliards de dollars d'actifs sous gestion, à adopter des politiques sur le charbon, fondées sur l'exclusion d'entreprises qui continuent à développer de nouveaux projets[1].

1. www.goldmanprize.org/recipient/lucie-pinson/

Parmi les étapes pour obtenir de telles avancées, Lucie Pinson doit découvrir et révéler les informations qui disqualifient les projets des banques et des assureurs les plus puissants au monde et souvent porter atteinte à leur réputation ; mener des négociations millimétrées avec les décideurs et les aider ; parfois envahir et occuper leurs bureaux et – lorsque leurs réponses relèvent de la duperie, du greenwashing – déverser des tonnes de charbon à leurs portes ou dérouler de grandes banderoles sur la tour Eiffel.

Ce livre d'entretiens alterne le récit de l'épopée de Lucie Pinson, de ses combats visant des projets d'infrastructures colossales aux États-Unis, en Australie, en Indonésie, en Croatie et dans de nombreux pays, et détaille avec pragmatisme les méthodes d'un activisme efficace que chacun peut s'approprier et mettre en pratique. Ce texte est aussi une rencontre touchante avec Lucie Pinson. Elle puise sa ténacité hors norme dans un parcours de vie qui l'a conduite à faire sienne cette parole de Sénèque : "Quand tu auras cessé d'espérer, je t'apprendrai à vouloir."

1.

FINANCE ET ÉNERGIES FOSSILES : UNE LIAISON CLIMATICIDE

AGIR À LA SOURCE

Lionel Astruc : Les combats écologiques et sociaux à mener ne manquent pas. Pourquoi avoir choisi de lutter contre le financement des énergies fossiles ?

Lucie Pinson : Cette lutte s'est imposée à moi autant que je l'ai embrassée. J'étais déjà militante pour la justice sociale et les droits humains quand j'ai fait mes premiers pas dans le mouvement altermondialiste qui se constituait alors à Paris autour de la figure de l'ingénieur et économiste Gustave Massiah. En 2013, je me suis rapprochée de l'association des Amis de la Terre France. Lorsque j'ai étudié leur projet, leurs combats, ce fut le coup de foudre. Encore stagiaire et non diplômée, j'étais déterminée et j'ai dû postuler plusieurs fois pour réussir à intégrer l'association et être embauchée au poste de chargée de campagne sur la finance. J'ai alors très vite décidé de concentrer mon travail sur le charbon, avec pour “cibles” (c’est ainsi que nous nommons les institutions que nous souhaitons faire changer) les banques et l’agence de crédit à l’exportation française qui accorde, pour le compte de l’État, des garanties aux entreprises exportatrices pour faciliter ces échanges.

Je me suis attaquée aux financements du charbon pour plusieurs raisons : il était et reste une des premières sources d’émissions de gaz à effet de serre, aux côtés du pétrole et du gaz ; il représente aussi un désastre pour la santé et enfin les grandes banques françaises comptaient parmi les plus gros financeurs du secteur à l’international. Elles rendaient possible et nourrissaient ce fléau. Car il faut le rappeler, sans financements, sans couvertures d’assurances, sans investissements, les entreprises des énergies fossiles ne pourraient pas développer leurs énormes projets ni maintenir en opération leurs infrastructures déjà existantes. J’ajoute que la situation était favorable car les ONG, les think tanks et les scientifiques avaient eux aussi le charbon en ligne de mire et modélisaient des scénarios de sortie de cette énergie.

Nous étions alors deux ans et demi avant la COP21 qui allait se tenir à Paris en décembre 2015. J’ai donc profité de cette occasion pour exposer au grand jour la responsabilité de nos banques dans le développement des projets de mines et de centrales à charbon qui causent et amplifient le dérèglement climatique. Mon objectif était de les pousser à adopter, une à une, les mesures nécessaires pour cesser tout soutien à ce secteur. Par la suite j'ai progressivement élargi mon combat aux autres acteurs du secteur financier tels que les assurances et aux autres énergies fossiles : le pétrole et le gaz.

Les Amis de la Terre France étaient vraiment précurseurs à l'époque. Aujourd'hui c'est différent : les acteurs financiers ne peuvent plus éluder la question climatique et les plus hautes instances scientifiques, politiques mais aussi énergétiques nous donnent raison quant aux mesures à mettre en place pour éviter un effondrement de la biodiversité et un emballement du climat.

Quelles seraient ces mesures et quelles institutions les soutiennent ?

L'Agence internationale de l'énergie (AIE), par exemple, qui bénéficie d'une légitimité absolue auprès de l'industrie et du politique en matière de modélisation de l'évolution du secteur énergétique, projette l'arrêt du développement de tout nouveau champ d'énergies fossiles, terminal d'exportation de GNL ou centrale à charbon pour garder une chance de limiter le réchauffement à 1,5 °C, et ce malgré la guerre en Ukraine. Tenir un tel propos est significatif venant d'une agence qui n'a rien d'une organisation de protection de l'environnement. Au contraire, l'Agence internationale de l'énergie a toujours défendu les énergies fossiles et la hausse de leur production. Cela donne du poids aux conclusions des scientifiques du Giec ou aux appels à l'action du secrétaire général des Nations unies. Tout nouveau projet implique mécaniquement des émissions pour des dizaines d'années, alors qu'il faut au contraire les réduire de près de moitié d'ici 2030 et que cela ne sera pas possible sans baisse de la production d'hydrocarbures. Malheureusement, malgré les victoires contre le charbon obtenues à l'arraché (que l'on évoquera), on est très loin du compte. Rien qu'en 2024, les soixante-cinq plus grandes banques internationales ont encore versé 202 milliards de dollars de financements aux entreprises à l'avant-garde de l'expansion de la production d'énergies fossiles. Résultat : alors qu'il faudrait réduire la production d'hydrocarbures de 6 % par an en moyenne d'ici 2030, un rapport des Nations unies intitulé "Production Gap Report" montre qu'on est en train de produire plus du double par rapport à ce que l'on peut se permettre.

Ces soutiens ont de lourds impacts : Oxfam affirme que les banques nous emmènent vers un réchauffement à + 4 °C d'ici 2100. Qu'est-ce que cela signifie ?

Le message d'Oxfam est que les banques françaises n'ont pas adopté les mesures qui s'imposent pour tenir leurs propres promesses en matière climatique et aligner leurs portefeuilles de financement sur une trajectoire de 1,5 °C. Pourquoi ? Parce qu'elles continuent de financer des projets et entreprises qui perpétuent un modèle extractiviste fondé sur une surexploitation des ressources naturelles et *in fine* générateur de fortes émissions de gaz à effet de serre. Avec ce niveau de réchauffement, + 4 °C, Oxfam frappe les consciences sur la responsabilité des banques.

Une précédente étude d'Oxfam, "Banques : des engagements climat à prendre au 4e degré", publiée en octobre 2020, disait que "l'empreinte carbone des grandes banques françaises représente près de huit fois les émissions de gaz à effet de serre de la France entière". Ce chiffre souligne l'importance du secteur financier français. Ces fortes émissions ne sont en rien surprenantes étant donné le périmètre d'action de ces acteurs. La France a le quatrième secteur bancaire au monde avec BNP Paribas et Crédit agricole dans le top 10 des plus grandes banques mondiales. Ce sont les seules européennes de ce classement. Société générale n'en est pas loin non plus. Je trouve utile de rappeler que notre pays a entre ses mains cet extraordinaire levier d'action climatique internationale.

Au-delà des banques, Axa est sur le podium des plus gros assureurs internationaux et Amundi est le seul gestionnaire d'actifs à jouer dans la cour des très grands (principalement dominée par des sociétés états-uniennes). Par ailleurs, le rachat envisagé d'Axa IM par BNP Paribas AM ouvre la voie à la création d'un nouveau mastodonte de la gestion d'actifs en Europe. Cela rend d'autant plus inadmissible l'absence de volonté politique française à encadrer le financement des énergies fossiles. La France, garante de l'Accord de Paris, pourrait agir fortement et rapidement à travers son seul secteur financier.

Les banques et les sociétés d'assurances ne sont-elles pas seulement un rouage parmi d'autres dans le montage de nouveaux projets qui impliquent bien des secteurs (travaux publics, transports, etc.) ? Pourquoi focaliser ton action sur les acteurs de la finance ?

Parce que ce secteur est encore trop délaissé par les ONG et les mouvements sociaux. Rester concentrée sur cet objectif sans me disperser est un parti pris personnel d'efficacité. Bien sûr, ce choix est possible parce que d'autres acteurs et ONG traitent les autres aspects du problème. Je suis bien convaincue que nous ne gagnerons qu'en jouant sur tous les tableaux et en engageant un rapport de force avec tous les centres de pouvoir. C'est d'ailleurs une des raisons de ma décision d'affilier Reclaim Finance aux Amis de la Terre France : je voulais ancrer Reclaim dans un mouvement plus large et rappeler que derrière Reclaim, il y a la fédération et le projet politique, anticapitaliste et antiproductiviste, de cette ONG.

Concrètement, quel lien de dépendance existe entre les banques, les assureurs et la mise en œuvre de nouveaux projets pétroliers et gaziers ?

La finance est essentielle pour qu'une entreprise puisse monter le dossier d'un futur projet. Quand ce dernier n'existe encore que dans ses plans d'investissement, elle va s'entourer d'une banque qui la conseille et l'accompagne en effectuant notamment les études destinées à démontrer sa viabilité. C'est aussi la banque qui doit convaincre d'autres acteurs financiers d'apporter leur contribution, sous la forme de dette ou de prises de participation. Avant de boucler le financement, l'entreprise doit également sécuriser plusieurs couvertures d'assurances, auprès, ici encore, non pas d'un seul, mais de plusieurs assureurs, voire de réassureurs. Le coût de ces projets représente des sommes à dix chiffres et de longues années de développement ; aucune banque ne s'engagerait donc à les financer sans couvertures d'assurances solides. Ce poids colossal explique que des institutions financières publiques soient souvent impliquées dans les projets les plus conséquents. Trop risqués pour le privé, ils voient le jour grâce à la sainte intervention du secteur public (les contribuables paient la note si ça tourne mal), puis se transforment en poule aux œufs d'or pour les sociétés privées.

Mais la finance est tout aussi essentielle pour le développement des solutions. Il s'agit donc de mettre assez de pression sur le secteur financier pour rediriger les flux dans la bonne direction. D'après l'Agence internationale de l'énergie, il faut, pour chaque euro consacré au développement des énergies fossiles, en flécher dix vers la production et la distribution d'énergies renouvelables, l'efficacité énergétique et la transformation des usages finaux. Le secteur de la finance joue donc un rôle crucial, tant il conditionne à la fois le développement des infrastructures et leur maintien en opération.

L'importance stratégique de chacune de ces institutions financières est d'autant plus forte qu'elles sont peu nombreuses : cent cinquante d'entre elles environ ont une implication réellement structurante. À elles seules elles peuvent conditionner la transformation de milliers d'entreprises et empêcher ou pousser à la fermeture d'un nombre plus important encore de projets. Une donnée clé à l'heure où il ne nous reste que deux ans pour franchir le pic de nos émissions. Il faut donc intervenir directement à la source, en coupant le robinet des financements aux énergies fossiles. Une urgence d'autant plus forte en France que nos banques comptent parmi les plus puissantes au monde. Ne pas s'y attaquer serait une faute stratégique pour notre mouvement.

J'ajoute que cette tension critique fait écho à mes propres névroses : à mon corps défendant, je suis obsédée par la rentabilisation de mon temps et l'optimisation de mes ressources pour avoir l'impact social et écologique le plus fort et bénéfique possible. En ce sens je suis une écologiste intimement gagnée aux idées de marché, celles-là mêmes que j'entends pourtant combattre. Quelle ironie !

Cela fait-il de moi un escroc ? Cela explique en tout cas pourquoi m'attaquer directement à la source du mal me va bien.

EMPÊCHER DES MILLIERS DE PROJETS

Parmi ces projets qu'il faut empêcher, pourrais-tu nous en décrire un ?

On a malheureusement l'embarras du choix. Je peux citer les projets conjoints Tilenga et Eacop pour East African Crude Oil Pipeline (oléoduc et puits de pétrole) portés principalement par TotalEnergies en Afrique de l'Est. Il s'agit d'un nouveau champ pétrolier, Tilenga, et d'un oléoduc, Eacop, entre l'Ouganda et la Tanzanie, d'où le pétrole pourrait être exporté. L'oléoduc serait chauffé car le pétrole extrait est trop visqueux et doit être liquéfié pour être transporté. Ces projets sont massivement contestés par les communautés en première ligne mais aussi par un nombre croissant d'organisations, de scientifiques et les populations de nombreux pays. Ils vont atteindre un tel degré de toxicité que plus de 30 banques et assureurs se sont engagés à ne pas les soutenir directement. Ces équipements seraient une hérésie environnementale et climatique. En plein dans la région des Grands Lacs et des grands parcs, ils menacent une biodiversité unique et contribueraient à émettre plus de 34 millions de tonnes de CO_2 chaque année. L'impact humain local est aussi effroyable : plus de 100 000 personnes seraient déplacées de force et l'ensemble met en péril les ressources en eau de 40 millions d'habitants. Non seulement un pipeline subit forcément des fuites, mais les risques sont ici démultipliés puisqu'il s'agirait du plus long pipeline chauffé du monde (1 400 km). Il traverserait de nombreux cours d'eau ainsi que le bassin du lac Victoria, deuxième plus grand lac d'eau douce au monde. Enfin, Eacop pourrait contribuer à ouvrir la région du Congo à l'exploitation en offrant un accès au littoral pour les hydrocarbures qui y seraient produits. Car il s'agit bien de projets d'exportation. Le pétrole ne serait pas produit pour soutenir le développement et l'accès énergétique des pays africains, contrairement à ce qui est souvent dit pour légitimer le projet.

Comment se fait-il qu'un projet aussi néfaste soit encore sur la table en dépit de son impact désastreux ?

Il faut justement comprendre que le projet Eacop n'est pas une anomalie. Au contraire il est emblématique de la stratégie d'expansion pétrolière et gazière de TotalEnergies, première entreprise européenne et sixième mondiale à développer le plus de nouveaux projets d'énergies fossiles. Ce secteur intimement lié au système productiviste capitaliste est fondé sur l'exploitation des ressources, y compris humaines. Plusieurs dizaines de banques et sociétés d'assurances se sont engagées à ne pas soutenir directement ce type de projets, mais cela ne suffira pas à prévenir le développement de nouvelles bombes climatiques. De nombreux engagements ne portent que sur le pétrole et ignorent le gaz, pourtant tout aussi nocif. Et les banques peuvent aussi contribuer au développement de ce type de projets en fournissant des services financiers aux entreprises qui les portent. Or, rares sont les banques qui ont mis un terme ou conditionné leurs soutiens financiers à TotalEnergies et aux autres développeurs d'énergies fossiles à l'arrêt de leur stratégie d'expansion dans ces secteurs.

Mais ces entreprises – TotalEnergies par exemple – sont richissimes, non ? On peine à imaginer qu'elles dépendent de banques pour monter de nouveaux projets. Est-ce vraiment le cas ?

TotalEnergies dispose en effet de ressources financières extrêmement importantes, renforcées ces dernières années par les superprofits générés par les bouleversements sur le marché énergétique causés entre autres par la guerre menée par Poutine en Ukraine. L'entreprise est donc certainement en mesure de financer seule un projet que les banques refuseraient de financer. Mais de là à affirmer que TotalEnergies pourrait totalement se passer des banques et des acteurs financiers pour mener ses activités, cela semble très improbable, du moins si elle entend conserver la loyauté de ses actionnaires. À l'heure actuelle, TotalEnergies leur verse plus d'argent – sous la forme de dividendes ou à travers le rachat d'actions – qu'elle n'en investit dans le pétrole et le gaz. Et elle a eu recours aux banques à deux reprises en 2024 pour lever de l'argent auprès des investisseurs, malgré ses superprofits de 2022 et de 2023.

Ce projet en Afrique de l'Est, Eacop, n'est qu'un parmi d'autres. Pour parvenir à couper le robinet financier qui les approvisionne tous, quelle est l'ampleur de la tâche à accomplir ?

Aujourd'hui, des milliers de nouveaux projets doivent être empêchés, sans compter les milliers d'infrastructures qu'il va falloir fermer avant la fin de leur durée de vie. Il y a par exemple, pour le seul secteur du charbon, plus de 6 500 unités de production d'électricité à partir du charbon, ce qui représente plus de 2 400 centrales en opération dans le monde. La majorité doit fermer d'ici 2030 de manière à assurer une réduction suffisante des émissions liées à la combustion de charbon pour tenir l'objectif de réchauffement limité à 1,5 °C et permettre une sortie totale du secteur d'ici 2030 dans les pays européens et de l'OCDE, et d'ici 2040 dans les autres pays. Mais il nous faut aussi prévenir le développement de plus de 500 GW de capacité de production d'électricité à partir du charbon. Le temps et les ressources nous manquent pour nous attaquer à ces infrastructures une à une. Quand bien même on les regrouperait par entreprises, on se trouve face à des centaines de sociétés.

L'ONG allemande Urgewald – dont les recherches portent notamment sur le secteur du charbon depuis vingt-cinq ans – et en particulier Heffa Schücking[1], la fondatrice et directrice, une de mes plus proches collègues, ont mis en place des bases de données répertoriant les entreprises des secteurs du charbon, du pétrole et du gaz. Ces annuaires comptent près de 3 200 entreprises, dont plus de 1 500 pour le seul secteur du charbon. Devant l'ampleur de la tâche, dans un contexte d'urgence absolue à opérer des ruptures avec la manière actuelle de produire et consommer de l'énergie, on est de plus en plus tiraillé entre deux impératifs : aborder plusieurs sujets de front – l'arrêt de l'expansion des fossiles ou le démantèlement des infrastructures

1. Comme Lucie Pinson, Heffa Schücking a été lauréate du prix Goldman en 1994.

existantes ; le charbon ou toutes les énergies fossiles – au risque de ne rien régler, ou conserver une approche séquencée plus à même de sécuriser des avancées solides sur les sujets traités. Tout le défi est de conserver l'approche chirurgicale, qui permet de régler des problèmes à leur racine, sur le long terme, en augmentant le nombre de "maladies" à traiter.

LA FINANCE ACCRO AUX ÉNERGIES FOSSILES

Peut-on chiffrer rapidement les sommes que les banques prêtent aux projets de production d'énergies fossiles ?

En partie uniquement malheureusement. L'opacité règne : les bases de données financières qui répertorient un grand nombre d'informations sur les financements et investissements existent, mais leur accès coûte cher. Il faut aussi savoir les déchiffrer pour être capable d'évaluer la composition et les évolutions des portefeuilles de tel ou tel acteur financier, identifier les tendances et établir des classements en matière de financement au secteur énergétique. Les transactions bancaires bilatérales, entre une banque et une entreprise, n'y figurent pas et seuls les financements dits "syndiqués" – entre plusieurs banques et une entreprise – nous sont donc accessibles.

Les montants, pourtant impressionnants, des financements aux énergies fossiles que nous identifions sont donc des sous-estimations. Le problème se corse pour les investisseurs – il est possible d'avoir des données pour les gestionnaires d'actifs, comme les actions ou les obligations, mais il est très difficile de rattacher cela aux propriétaires de ces titres (les investisseurs détenteurs d'actifs dont font partie les fonds de pension, les fonds souverains ou encore les assureurs en tant qu'investisseurs) et c'est encore plus compliqué pour les assureurs et réassureurs sur leurs activités assurantielles. Ces derniers font eux-mêmes face à des difficultés pour appréhender et donc piloter leur propre portefeuille.

Cela étant dit, nous effectuons des évaluations des flux financiers et investissements aux énergies fossiles tous les ans. Ces exercices suffisent à dresser un état des lieux, évaluer les progrès faits et le chemin qui reste à parcourir. Nous publions tous les ans avec quelques partenaires le rapport "Banking on Climate Chaos", une sorte de bible des financements aux énergies fossiles. L'édition 2025 a révélé que les 65 plus grandes banques internationales ont accordé 3 285 milliards de dollars au charbon, au pétrole et au gaz entre 2021 et 2024, dont 1 609 milliards de dollars aux entreprises qui y développent de nouveaux projets. Une recherche équivalente sur les investissements, "Investing in Climate Chaos", a révélé que par la suite 4 700 milliards de dollars ont été investis dans ces entreprises pour la seule année 2024. Le problème n'est pas tant ces sommes que le fait que la majeure partie de cet argent va à des entreprises qui, loin de se tourner vers les énergies soutenables, continuent d'ouvrir des projets d'énergies fossiles. Oui, il faut continuer d'investir dans les énergies fossiles, mais la totalité des investissements doit aller aux infrastructures existantes, notamment dans les équipements de réduction des émissions et dans la fermeture des infrastructures, et non dans de nouveaux projets. Sur ces bases scientifiques, il est donc normal pour des banques et acteurs financiers d'être toujours exposés aux énergies fossiles, à travers d'anciennes opérations de créances ou d'achat de titres, ou de services financiers dédiés aux infrastructures existantes. Mais rien ne saurait justifier l'octroi de soutiens financiers à une entreprise qui développe de nouveaux projets de charbon, de pétrole ou de gaz.

Les banques proposent pourtant davantage d'offres de finance verte… La finance verte est-elle une chimère ?

L'engagement proclimat des acteurs financiers à partir de la COP21 s'est accompagné de la montée en puissance d'un discours autour de la "finance verte" ou "finance durable". Ces termes sont majoritairement utilisés en référence aux différents produits et services financiers développés en vue de soutenir des activités "vertes", "durables". Mais, attention, cela ne veut pas dire qu'ils sont exclusivement orientés vers ce type d'activités. Très souvent, un fonds dit "responsable" va contenir des titres similaires à ceux trouvés dans les fonds classiques. L'unique différence est que ce fonds responsable va peut-être pondérer ou diluer ces titres avec d'autres correspondant à des activités vertes, ou qu'il résulte d'un processus de sélection qui repose sur des critères non exclusivement financiers.

Le caractère écologique ou durable de l'activité financée est aussi souvent discutable. C'est le cas des obligations vertes utilisées pour financer l'extension d'aéroports, et donc l'augmentation du trafic aérien – mode de transport le plus climaticide –, au motif que les bâtiments sont construits selon les meilleures normes environnementales. Enfin, certains questionnent aussi l'intention d'acteurs financiers qui ne soutiennent pas ces produits financiers pour leurs critères environnementaux, mais parce qu'ils génèrent des profits. Tous ces produits sont *in fine* régis par la même règle, à savoir celle de la profitabilité. Et on touche là le cœur du problème : comme c'est bien la recherche de profit qui prime, les acteurs financiers, même s'ils ont développé des produits qu'ils qualifient de "verts", n'ont pas pour autant renoncé aux autres produits. Ils sont pourtant conscients de leur propre hypocrisie.

Il n'est pas rare de voir l'un d'entre eux, à l'occasion d'un événement ou dans les médias, se glorifier de l'augmentation des encours des obligations vertes pour, une fois en coulisses, hors micro, reconnaître que celles-ci, et plus globalement la finance verte, demeurent anecdotiques, loin d'apporter la solution à l'enjeu de décarbonation des flux financiers.

Tu veux dire que la finance verte sert de faire-valoir car elle s'est développée sans pour autant cesser la finance dite "brune", celle qui soutient les projets polluants ?

En effet, ajouter de nouveaux produits financiers sans transformer les produits existants ne règle en aucun cas le problème. On ajoute un nouvel étage au gratte-ciel, mais les fondations et les étages inférieurs restent polluants. Que TotalEnergies ajoute du renouvelable (et si possible soutenable, donc sans biomasse), très bien. Mais si, en même temps, il ajoute aussi du fossile, le problème reste inchangé, les émissions augmentent. Le même raisonnement s'applique aux acteurs financiers qui sont non seulement loin d'allouer les sommes nécessaires aux secteurs dits de la "transition" (il faudrait d'ici 2030 multiplier par 2,3 les investissements dans les énergies renouvelables, l'efficacité énergétique et la transformation des usages finaux), mais continuent aussi de soutenir l'expansion des fossiles. Le climat n'est pas un jeu à somme nulle et les émissions permises par les projets polluants ne sont pas magiquement annulées en raison du développement de projets plus vertueux. D'autant que, comme dit précédemment, le caractère vert, durable, propre est souvent discutable. Il n'existe pas de projet ou d'énergie propre, sans impact. Pour qu'une énergie soit considérée comme soutenable, il faut qu'elle soit décarbonée, renouvelable mais aussi que sa production ne génère pas d'externalités négatives trop importantes nuisant aux écosystèmes – sols, ressources naturelles, biodiversité et communautés. Fondamentalement, nous ne tiendrons pas les objectifs climatiques sans une réduction de notre consommation d'énergie. Tant qu'on ne reconnaît pas qu'il va falloir faire moins, on se leurre. Or à l'heure actuelle nous n'avons pas encore trouvé un terrain d'entente avec toutes les institutions financières sur l'impérieuse nécessité de ne plus développer de nouveaux projets d'énergies fossiles, et ce quels que soient les montants investis dans des solutions moins polluantes.

Est-ce si important qu'elles le reconnaissent ?

Oui, car la question devient alors : comment on fait ? Les intérêts contradictoires ne disparaîtront pas, le conflit demeurera, mais on n'aura plus un dialogue de sourds et il sera alors possible de discuter sur de vraies bases, à savoir comment la finance pourrait contribuer à enrayer le développement des fossiles, en prenant en compte les freins et autres paramètres économiques, politiques, sociaux, méthodologiques, etc.

Ce refus interpelle alors que le Giec et même l'AIE préconisent l'arrêt du développement de tout nouveau champ d'énergies fossiles pour garder une chance de limiter le réchauffement à 1,5 °C. Sur quels fondements scientifiques se basent les acteurs financiers pour remettre en question ce diagnostic ?

Les acteurs financiers sont globalement encore d'accord avec l'objectif à atteindre : limiter le réchauffement à 1,5 °C, mais il n'y a pas qu'un seul chemin pour y parvenir, il y en a des dizaines. Le Giec a modélisé quatre-vingt-dix-sept scénarios possibles. De nombreux acteurs financiers se fondent sur cela pour dénoncer celui de l'AIE (appelé scénario Net Zero by 2050, NZE) jugé irréaliste, et nécessitant d'agir d'abord sur la demande, à savoir la consommation d'énergies fossiles, en opposition avec une action sur l'offre, la production d'énergies fossiles. Le manque de réalisme est justifié par le fait que le scénario NZE projette un arrêt du développement de nouveaux champs pétroliers et gaziers au 1er janvier 2022 (avec quelques exceptions) et de nouveaux terminaux d'exportation de gaz naturel liquéfié

(GNL) au 1er janvier 2023. Il est donc déjà trop tard pour s'aligner dessus. Sur ce point, les acteurs financiers ont raison. Mais nous jouons une course contre la montre. Notre retard au départ nous oblige à perdre désormais le moins de temps possible.

Et quid *du troisième argument des acteurs financiers ? Pourquoi ne serait-il pas possible de réduire la demande d'énergies fossiles ?*

Le nouveau credo des acteurs financiers est qu'il serait irresponsable de s'aligner sur le scénario 1,5 °C de l'AIE car cela mettrait en péril leur capacité à répondre à la demande. Les besoins en énergie des pays en développement et les difficultés d'approvisionnement en Europe à la suite de la guerre en Ukraine renforcent cet argument. En somme, ils prétendent que ce n'est pas pour leurs profits mais pour les populations qu'ils refusent de s'aligner sur le scénario de l'AIE. Que ce sont eux les acteurs responsables ! Il faut tout de même reconnaître l'extraordinaire capacité de falsification de ces institutions ! Cet argumentaire destiné à repousser l'action contre l'expansion des énergies fossiles à plus tard implique de pencher vers les scénarios qui misent sur un déploiement important de technologies dites "à émissions négatives" qui captent les émissions non évitées et nous permettraient d'atteindre l'objectif de zéro émission nette. Plus l'action et la baisse des émissions sont retardées et plus on va miser sur ces technologies. Or elles ne sont pas matures et leur développement est incertain. C'est donc un pari qui nous fait prendre un risque élevé de ne pas pouvoir ramener le réchauffement sous le seuil des 1,5 °C. De notre côté nous privilégions des scénarios qui prévoient un très faible dépassement des 1,5 °C et un recours prudent, donc limité à ces technologies. C'est le cas de seulement vingt-six scénarios 1,5 °C du Giec et de celui de l'AIE. Tous s'accordent néanmoins sur le fait qu'il faut urgemment stopper l'expansion et assurer une baisse de la production d'hydrocarbures d'ici 2030 et non après 2030.

Ces débats révèlent, pour ceux qui en doutaient, l'impossibilité d'attendre des acteurs du marché des transformations à la hauteur des enjeux. Si les acteurs financiers remettent en question les projections du scénario 1,5 °C de l'AIE, alors qu'ils se sont cachés derrière les analyses de l'AIE pendant des années pour justifier leurs décisions d'investissement, c'est bien en opposition avec les renoncements financiers que leur suivi impliquerait. Appliquer le scénario 1,5 °C exige une action brutale et significative, avec la mise en place de mesures drastiques qui provoqueraient des pertes de profits trop importantes à leurs yeux. Eux veulent agir mais à leur rythme, et en conservant assez de marge de manœuvre pour continuer à soutenir les très bons clients, à commencer par les entreprises actives sur toute la chaîne de valeur comme les majors pétrolières et gazières (TotalEnergies, Shell, BP, ExxonMobil, Chevron ou encore Eni).

En quoi la guerre en Ukraine change-t-elle le contexte ?

La guerre en Ukraine a démontré l'urgence de briser notre dépendance aux énergies fossiles tout en contribuant à la renforcer. Elle illustre les liens intimes entre conflits et énergies fossiles et montre la fragilité de nos économies. L'inflation et les chocs sur le marché énergétique auraient été bien moindres si nous n'étions pas aussi soumis à la volatilité du prix du gaz. Malheureusement, aucune leçon n'en a été tirée : les gouvernements européens ont accéléré le déploiement de nouveaux terminaux de gaz naturel liquéfié, pour le plus grand bonheur des industriels du secteur, mais au détriment des objectifs de soutenabilité et des droits des populations qui n'ont pas leur mot à dire.

L'Agence internationale de l'énergie a pourtant démontré que ces infrastructures, plutôt que d'offrir des solutions de court terme, posent des problèmes à long terme. Non seulement elles ne verront pas le jour rapidement mais, si nous souhaitons tenir nos objectifs climatiques, elles devraient être fermées d'ici quelques années. Or une fois l'équipement créé, les entreprises vont tout faire pour l'amortir et le rentabiliser, en le faisant durer le plus longtemps possible et en exigeant finalement des États, c'est-à-dire des citoyens, que l'on paie pour leur fermeture. Cela revient à privatiser les gains mais socialiser les pertes, une stratégie qui n'est pas nouvelle.

Comme l'a démontré l'Agence internationale de l'énergie, les solutions à cette crise sont à trouver dans la sobriété, l'efficacité énergétique et les énergies renouvelables et non dans le déploiement d'infrastructures fossiles. Ces dernières accentuent la pression sur les sols, verrouillent des émissions de gaz à effet de serre incompatibles avec notre budget carbone et participent à la spirale inflationniste dont les ménages les plus précaires sont les premiers à subir les coûts. Un autre élément montre enfin qu'aucune leçon n'a été retenue de la guerre en Ukraine : les entreprises pétro-gazières s'apprêtent à développer de nouveaux projets gaziers dans des zones particulièrement instables. Les projets de gaz offshore de TotalEnergies sur la frontière maritime entre le Liban et Israël sont un exemple frappant, de même que la relance de son projet de gaz naturel liquéfié au Mozambique pourtant suspendu en 2021 en raison des attaques terroristes. Autant directement gratter des allumettes au milieu de poudrières !

Que faire pour ne pas encourager cet engrenage délétère ?

Je dois rappeler une évidence : la meilleure énergie est celle que l'on ne consomme pas. Une affirmation "tarte à la crème", répétée à l'envi, y compris par ceux qui ne font rien, mais qui reste essentielle. La sobriété est la première des mesures et il faut la mettre en place de manière juste. Demander à la majorité de la population de faire des efforts tout en laissant les plus riches rouler en SUV et prendre des vols privés n'est de toute évidence pas la bonne recette. Parallèlement il n'y aura donc pas de "transition" sans investissements massifs dans les énergies renouvelables réellement soutenables, l'efficacité énergétique et la transformation des usages finaux. Pour prolonger l'exemple des transports, cela passe inéluctablement par des investissements dans des infrastructures publiques et un réaménagement du territoire. Des dispositifs d'aides doivent aussi être mis en place pour permettre aux plus précaires – ceux qui subissent non pas la sobriété choisie mais les privations au quotidien – de transformer leurs pratiques.

UN SECTEUR AU-DESSUS DES AUTRES

Les conséquences du dérèglement climatique sont de plus en plus concrètes (sécheresses, inondations, tempêtes, etc.), fréquentes et intenses. Pourquoi cette urgence ne suffit-elle pas à dissuader les acteurs financiers d'encourager le charbon et les énergies fossiles en général ?

À la suite des catastrophes naturelles de plus en plus nombreuses, les assureurs – et ceux auprès desquels ils se protègent eux-mêmes : les réassureurs – paient des factures toujours plus salées. Mais ces événements n'impactent pas suffisamment la capacité des acteurs financiers à générer du profit pour infléchir leurs choix. Nos banques françaises ont même affiché des superprofits ces dernières années, y compris grâce aux énergies fossiles qui demeurent très rentables. Des majors pétrolières et gazières enregistrent elles aussi des superprofits et versent d'importants dividendes qui permettent d'acheter la loyauté de leurs actionnaires. Il en est de même pour les autres acteurs, banques et assureurs, qui profitent largement des nombreuses transactions et des services qu'ils vendent aux majors.

Le think tank Carbon Tracker Initiative a théorisé le scénario d'une bulle carbone : la transition va de fait entraîner la fermeture et donc la dévalorisation de nombreux actifs – appelés les actifs échoués – et plus on tarde à opérer la transition, plus on risque de faire exploser la bulle et d'entraîner une dévaluation en masse et en chaîne de ces actifs. Autrement dit, rien de bon pour les affaires. Mais cette théorie ne résiste pas au monde réel ancré dans le court terme. Aujourd'hui les énergies fossiles restent extrêmement rentables car subventionnées et aidées par le secteur public, les États. C'est une réalité souvent oubliée : l'erreur de beaucoup d'économistes et de financiers est de faire abstraction du politique, comme s'il ne jouait aucun rôle malgré la nature étatique du capitalisme. Il paraît évident que renoncer aux énergies fossiles hyperrentables est contre-intuitif pour des acteurs financiers qui opèrent sur un horizon de très court terme et dont la mission est de générer du profit.

Comment se fait-il que les banques soient à ce point obsédées par le court terme ?

On a tous en tête les images de traders qui spéculent, on pense au *trading* à haute fréquence. Pour les marchés bancaires, la temporalité est aussi assez courte, avec des prêts généralement remboursés sur quatre ans. Surtout les banquiers sont payés à la commission pour de nombreuses transactions ou de nombreux services financiers, donc plus on en fait et plus on gagne d'argent. Leur performance peut donc être évaluée en fonction des profits générés à l'année, mais aussi sur des durées beaucoup plus courtes. Pour s'extirper de cette logique, il faudrait transformer l'ensemble des modalités de décision et d'organisation.

Ce problème du court-termisme est connu et reconnu chez les acteurs financiers. Mark Carney, une figure du secteur sur les questions climatiques, en a même fait le cœur d'un discours resté dans les mémoires sous le nom de "la tragédie de l'horizon". Il était alors gouverneur de la Banque d'Angleterre et alertait à propos des risques que le dérèglement climatique représentait pour la capacité du secteur de la finance à générer du profit. Mark Carney parlait de tragédie en référence au fait qu'il serait trop tard pour agir lorsque les acteurs seront matériellement impactés par les risques liés au climat – eux prenant leurs décisions en fonction du court terme alors que ces risques se matérialisent sur le long terme. Malheureusement, la réponse principale, plébiscitée par Mark Carney, était de renforcer les mesures de transparence et de *reporting*. Une solution fondée sur l'hypothèse que les acteurs financiers sont foncièrement rationnels, agissent dès lors qu'ils ont les informations nécessaires. Or l'histoire montre que cette hypothèse est archifausse. Munich Re, le plus puissant réassureur au monde, alertait sur le climat dès 1973 mais il lui a fallu quarante-cinq ans pour agir sur ses propres activités hautement génératrices de gaz à effet de serre et commencer à restreindre les couvertures accordées à l'industrie du charbon. De même, la France est la championne du *reporting* extrafinancier, avec l'adoption en 2001 de la première réglementation en la matière, mais nos grandes banques restent, dans l'Union européenne, les premières à financer les énergies fossiles. Une amélioration des *reportings* et données est toujours bonne à prendre, mais cela ne garantit pas l'action. Et sans attendre toujours plus de données, nous disposons dès maintenant d'assez d'informations pour agir sérieusement.

Est-ce perdu d'avance ou peut-on forcer les acteurs financiers à se détacher de cette obsession du court terme ?

Il est difficile d'en sortir sans changer profondément la manière dont les acteurs financiers opèrent. En interne il faut que toutes leurs décisions et tous leurs facteurs de motivation, tels que la rémunération, soient soumis à l'atteinte d'objectifs climatiques et de soutenabilité. Au niveau structurel, il faut faire de même pour toutes les règles encadrant le fonctionnement du secteur comme les règles prudentielles ou de politique monétaire des banques centrales. Cela implique de dépasser les objectifs de transparence pour enfin imposer des exigences comportementales, à commencer par l'adoption d'un plan de transition robuste, à savoir une feuille de route détaillant l'ensemble des mesures qu'un acteur entend mettre en place pour s'aligner sur une trajectoire permettant de contenir le réchauffement à 1,5 °C. Pour faire une comparaison, le plan de transition est pour les entreprises ce que la planification écologique est au niveau étatique. C'est une projection sur le long terme, et donc un tour de force pour les acteurs financiers par nature ancrés sur le court terme. Il ne s'agit plus pour eux d'annoncer uniquement des objectifs à moyen et long terme, comme des cibles de décarbonation, et de reporter les mesures déjà prises, mais bien de dévoiler l'intégralité de leur stratégie pour y arriver. Ils doivent détailler l'ensemble des mesures à dérouler et comment ils comptent adapter leur gouvernance à cette fin, notamment pour embarquer toutes les parties prenantes, à commencer par les salarié(e)s, et mesurer les progrès.

Mais tout cela ne servira que si l'on adopte les bonnes lunettes, celles qui regardent non pas les risques que le dérèglement climatique fait peser sur la finance, mais l'inverse : les impacts de la finance sur le climat. Car même si nous arrivions à pousser les acteurs financiers à envisager les risques financiers auxquels ils font face dans le long terme, rien ne nous dit qu'ils ne compteraient pas alors sur l'intervention des États pour venir au secours de l'économie, et aider même ceux qui auront voulu profiter de la dernière goutte de pétrole, quitte à détruire la planète. Chercher à motiver les acteurs financiers à agir au motif qu'ils se protégeront des risques financiers est par ailleurs une démarche assez vaine. Oui, les risques financiers liés au climat existent. Mais non, il est impossible de modéliser précisément la manière dont les dérèglements climatiques vont se matérialiser sur les portefeuilles financiers. De nombreux banquiers centraux, dont la mission est d'assurer la stabilité du secteur financier, sont catégoriques sur cette impasse en raison de l'incertitude radicale dans laquelle le dérèglement climatique nous projette, notamment liée aux points de bascule et aux boucles de rétroaction. Si certains seuils sont franchis, le système climatique peut être altéré de manière irréversible. Les cas les plus fréquemment cités de boucles de rétroaction sont la fonte des glaces – qui accélère le réchauffement, et donc la fonte, etc., etc. –, ou celle du pergélisol qui libère du méthane dont le pouvoir réchauffant est bien plus puissant que celui du CO_2. Ces phénomènes rendent les modélisations impossibles. C'est pour cela que certains chercheurs des banques centrales et notamment de la Banque de France plébiscitent une approche de précaution, visant à ne pas alimenter le changement climatique plutôt que de chercher à passer entre les gouttes de ses conséquences.

Cette perspective comporte une bonne nouvelle : limiter l'impact de la finance sur le climat est à portée de main. Tous les scientifiques s'accordent par exemple à dire que notre budget carbone n'autorise pas de nouvelles infrastructures d'énergies fossiles. Face à ce diagnostic, un enfant de quatre ans en déduirait qu'il faut donc arrêter d'en financer. Faire valoir ces mesures qui relèvent du bon sens, voilà l'essence de mon travail.

2.

LUCIE PINSON : L'ÉPOPÉE D'UNE ACTIVISTE

VICTOIRE INITIATIQUE DANS LE BASSIN DE GALILÉE

Quand as-tu commencé à militer ?

J'ai commencé à militer au lycée mais m'y suis mise vraiment en Afrique du Sud. L'écologie n'était pas au centre de mes préoccupations. À la défense des droits, quelles que soient les origines ou la couleur de la peau, s'ajoutaient des considérations sociales et économiques. L'exploitation et les rapports de domination à travers le travail et le contrôle des ressources étaient les principaux moteurs de ma colère et de mon envie de militer. Je me suis donc naturellement retrouvée dans le mouvement altermondialiste dont je me suis particulièrement rapprochée en 2011. J'ai notamment effectué mon stage de fin d'études au sein de l'Association internationale des techniciens, experts et chercheurs (Aitec), une organisation proche de l'Association pour la taxation des transactions financières et pour l'action citoyenne (Attac). Je me suis impliquée dans le comité de pilotage de l'organisation des contre-sommets du G8 et du G20 qui se tenaient en France et j'ai travaillé sur le rôle de la spéculation dans la volatilité des prix sur les marchés agricoles. Ce sujet, présenté comme technique et réservé aux experts, impacte en réalité le droit à l'alimentation de milliers de personnes. Cette expérience a laissé des traces, que l'on retrouve même dans le nom de mon association, Reclaim Finance. Après ce stage, j'ai continué à militer avec l'Aitec et suivi les combats liés aux accords de libre-échange et aux politiques qui perpétuent la spoliation des ressources naturelles des pays du Sud global, ou encore les enjeux autour de la financiarisation de la nature. Et c'est en 2013 que j'ai intégré Les Amis de la Terre, une organisation pour qui justice sociale et justice environnementale sont un seul et même combat. Leur mode opératoire consiste à s'attaquer aux racines des problèmes en visant la transformation des institutions politiques, économiques et financières de manière à faire advenir une transition vers des sociétés soutenables.

Quel est l'événement qui t'a conduite à te consacrer pleinement au combat contre le financement des énergies fossiles ?

Aux Amis de la Terre, j'occupais le poste de chargée de campagne sur la finance privée et les agences de crédit à l'exportation, ces institutions dont la mission est d'ouvrir des marchés au bénéfice des entreprises françaises. Elles soutiennent des projets très toxiques, complètement inutiles ou les deux à la fois, comme des paquebots de croisière par exemple. Il était prévu que je me concentre sur l'opposition aux soutiens financiers aux agrocarburants et au nucléaire. Mais début août 2013, j'ai appris l'implication de la Société générale dans le projet d'une gigantesque mine de charbon au Queensland, en Australie, appelé Alpha Coal. Il impliquait aussi la construction de voies ferrées et l'expansion d'un terminal d'exportation permettant l'accès au marché international. Je n'avais aucune expérience mais il était facile d'identifier le potentiel que représentait une campagne contre ce projet qui cochait toutes les cases des fléaux sociaux, humains, environnementaux et économiques tristement récurrents des projets d'énergies fossiles. Cette fois, en version XXL.

En développant les infrastructures essentielles à l'exportation du charbon, Alpha Coal risquait d'ouvrir à l'exploitation tout un bassin charbonnier encore totalement épargné par l'extraction minière. Au total, les réserves du bassin de Galilée qu'entendaient exploiter neuf projets miniers représentaient assez de carbone – une fois le charbon brûlé dans des centrales électriques – pour émettre autant que l'Allemagne qui, à l'époque, était le sixième pays le plus émetteur au monde. Autrement dit, Alpha Coal était une bombe climatique et un non-sens alors que les scientifiques disaient déjà en 2013 qu'il fallait renoncer à exploiter la majeure partie des réserves de charbon pour éviter un emballement climatique.

On peut aussi rappeler deux autres menaces : la pollution de l'air qui exposait de nombreuses vies humaines et le passage de navires à travers la Grande Barrière de corail, pourtant classée au patrimoine mondial de l'Unesco, pour l'export du charbon. Le rôle stratégique joué par une banque française, la Société générale, dans le développement du projet en faisait un excellent cas de campagne et offrait une réelle chance de l'arrêter. Ce qu'on a fait !

Je présume que d'autres banques françaises finançaient des projets de charbon à l'époque. Pourquoi avoir choisi la Société générale ? En quoi jouait-elle un rôle clé ?

Les banques françaises fournissaient d'importants services financiers à l'industrie du charbon et finançaient également de nombreux projets. Mais leur demander de se retirer de projets déjà financés, quand bien même ils ne seraient pas encore opérationnels, n'est pas pertinent. Ce serait purement symbolique et ne changerait rien à la capacité de l'entreprise de mener son projet à bien. Dans le cas de la Société générale et Alpha Coal, c'était le moment parfait pour agir : le projet n'était pas encore financé mais la banque jouait un rôle clé pour son développement. Elle avait un mandat de conseil, ce qui veut dire qu'elle accompagnait l'entreprise dans le montage du dossier, la conception de toutes les études, financières et de vigilance, nécessaires pour démontrer la viabilité économique, proposer un montage solide et convaincre ensuite d'autres acteurs d'y apporter leur contribution. Pour des projets qui coûtent plusieurs milliards, cette phase peut durer des années et n'est pas à prendre à la légère. Elle est aussi cruciale que la sécurisation des couvertures d'assurances. Sans elles, aucun financeur sérieux ne serait prêt à apporter sa mise. Introduire un grain de sable pendant cette phase était donc une réelle opportunité, d'autant que les retards sont particulièrement coûteux.

Par ailleurs le retrait d'une banque en charge de cette phase représente le pire camouflet possible pour un tel projet. Il révèle que la banque censée y croire le plus n'a pas confiance. L'entreprise va devoir en chercher une autre… qui va peut-être réfléchir à deux fois au risque d'être à son tour ciblée par des ONG. Alpha Coal était ma première campagne ciblant une banque française avec un mandat de conseil, mais par la suite nous avons fait tomber plusieurs projets de cette manière.

Comment as-tu concrètement abordé ce combat ?

Le projet Alpha Coal se trouvait dans un pays, l'Australie, trop lointain pour que les impacts sur la biodiversité ou sur l'économie locale deviennent des axes clés de la campagne. Bien sûr, il serait important d'en parler aux banques, aux médias, mais on ne pourrait pas susciter l'adhésion ni polariser suffisamment pour forcer la Société générale au retrait à partir de ces éléments. Notre choix s'est donc porté sur l'enjeu climatique bien que, en 2013, ce fléau et son lien avec le charbon fussent encore peu mobilisateurs. Nous étions encore dans l'après-Copenhague, ces négociations climatiques vécues comme un fiasco et qui avaient été suivies d'un effet "gueule de bois". Le sujet avait même quasiment disparu de l'agenda des organisations environnementales. Quant au charbon, il faisait en France partie d'un imaginaire appartenant au passé, à un temps révolu. Le mot suscite aujourd'hui globalement l'effroi et sa nocivité fait consensus, mais ce n'était pas du tout le cas en 2013. Peu de gens avaient conscience de son rôle dans le mix énergétique mondial, et ils étaient encore moins nombreux à mesurer la réalité des impacts de cette énergie, y compris sur le climat. Les mines en France ayant été fermées, l'exploitation de l'homme et du sous-sol par l'industrie du charbon avait pour eux pris fin avec Zola.

Les Amis de la Terre France, forts de leur réseau international et de leur appartenance à la plus grande fédération environnementale de base mondiale, étaient bien conscients de ce contexte peu favorable. Se battre contre l'extractivisme avait toujours fait partie de leur ADN, pour des raisons de justice sociale et environnementale. Aborder le charbon et Alpha Coal en se concentrant sur son impact climatique était un choix stratégique d'agenda car deux ans et demi plus tard aurait lieu la COP21. Nous savions que le climat allait finir par s'imposer dans les débats et que les institutions du pays hôte de la plus grande conférence climatique de la décennie allaient vouloir se montrer volontaristes. À nous d'en tirer profit et de nous assurer que l'évaluation climatique de nos acteurs financiers, des entreprises et des politiques se mesure bien à l'aune de leur action contre le charbon. Dans cette optique Alpha Coal était une parfaite première bataille.

Comment avez-vous procédé et alors même que tu étais novice dans ce domaine ?

Cette bataille initiatique m'a conduite à employer les outils de campagne essentiels : dénonciation, sensibilisation, négociation, mobilisation et action non-violente. Tous supposent une excellente connaissance du dossier, ce qui est la clé pour construire l'argumentaire puis répondre à l'adversaire. En l'occurrence, à ma grande surprise, les équipes du siège de la Société générale connaissaient peu d'éléments du dossier. Elles étaient très mal informées, voire désinformées, par leurs collègues en Asie qui avaient un intérêt direct à voir le projet validé, le marché conclu. Je me suis donc constamment documentée, j'ai beaucoup échangé avec mes partenaires en Australie. Les informations recueillies ont servi de base à un travail comparatif entre les impacts et risques du projet et les engagements pris par la banque. Documenter ce décalage patent m'a permis de décrocher une première couverture médiatique. Je n'oublierai jamais le sentiment d'accomplissement ressenti à la lecture de l'article écrit pour *Libération* par la journaliste Coralie Schaub. Une première étape essentielle dans un contexte où le charbon et le climat n'étaient pas des sujets médiatiques.

Pour exposer et renforcer le rapport de force, nous devions ensuite mobiliser le public. À l'époque, ce n'était pas la qualité première des Amis de la Terre France qui étaient plutôt reconnus pour leur expertise et leur capacité d'anticipation de nouveaux sujets et de nouvelles problématiques. Ni nous, ni nos partenaires internationaux n'avions encore jamais obtenu de victoire significative face aux banques et l'association ne suscitait donc aucune crainte majeure. L'actuel mouvement pour le climat n'existait pas en 2013 et la bonne volonté des quinze groupes locaux des Amis de la Terre France qui se sont mobilisés dès le début de la campagne n'aurait pas suffi à faire basculer le rapport de force en notre faveur.

Comment mobiliser davantage de monde dans ces conditions ?

Pour réunir des soutiens et élargir la base de la contestation, j'ai contacté Attac, une association qui milite historiquement pour la taxation des transactions financières. Attac s'apprêtait à lancer une campagne intitulée "Les Requins" visant trois multinationales responsables de méfaits sociaux et environnementaux. La Société générale, en raison d'Alpha Coal, est devenue une des trois cibles, aux côtés de BNP Paribas et Unilever. C'est aussi de la fédération des Amis de la Terre qu'est venu un soutien décisif, plus précisément d'un groupe basque appelé Bizi !. Affilié à cette fédération, Bizi ! milite aussi pour la justice sociale et environnementale. Ses membres ont décidé de rejoindre la campagne contre Alpha Coal car ils y voyaient une opportunité pour jeter les bases d'une grande mobilisation sur le climat, par l'action directe. Bizi ! avait connu l'échec de Copenhague et son fondateur Txetx Etcheverry était déterminé à ne pas laisser la COP21 connaître le même sort. Avec Jon Palais – l'un des piliers de l'association – et les autres membres, ils ont parié sur une stratégie qui fait écho au triptyque des Amis de la Terre France : "résister, mobiliser, transformer". Il s'agissait de résister aux projets, entreprises et politiques climaticides, mais aussi de proposer des solutions, à travers la dynamique Alternatiba, un mouvement qu'ils ont impulsé à partir d'octobre 2013 et qui était destiné à mettre en avant les alternatives aux modes d'organisation sociétale climaticides. À l'heure où ce sujet qui semblait au mieux abstrait et désincarné et, au pire, hors de prise et trop vaste, Bizi ! entendait ainsi proposer des solutions concrètes applicables au quotidien. Ce deuxième axe a permis de mobiliser largement et s'est avéré une excellente porte d'accès au premier : la résistance contre les responsables du saccage environnemental, social et climatique, en l'occurrence Société générale à travers son soutien à Alpha Coal.

Quelles autres actions avez-vous entreprises pour arriver à vos fins ?

Résister peut prendre différentes formes, notamment celle de l'action directe non-violente. Et cela a été le principal apport de Bizi ! à la bataille pour le retrait de la Société générale du projet Alpha Coal. Sans leur créativité et leur force tactique, nous n'aurions pas gagné. De nombreuses actions ont été menées, telles que l'occupation du siège, le déversement de 1,8 tonne de charbon devant les locaux, et d'autres encore, nous y reviendrons – mais toujours articulées à un travail d'expertise, de communication dans les médias et de dialogue avec la banque.

L'ensemble s'est appuyé sur la COP20, un moment clé de cette campagne car de nombreuses activités de mobilisation étaient prévues. La banque avait déjà encaissé de nombreux coups et pouvait miser sur un essoufflement de nos actions. Mais nous lui avons annoncé tout l'inverse en appelant à la mobilisation internationale contre Alpha Coal : la bataille allait au contraire s'intensifier jusqu'à la COP21. Et alors que la COP20 s'était déjà ouverte sur des mobilisations, en France et à Lima, interpellant la banque pour sa responsabilité dans le dérèglement climatique, nous annoncions aussi une grande journée de mobilisation quelques jours plus tard dans des dizaines d'agences de la banque. C'est la veille que Société générale a flanché, nous indiquant par mail sa décision de se retirer du projet, de mettre fin à son mandat de conseil, et précisant que notre déplacement dans ses locaux le lendemain n'était plus justifié. C'était notre première grande victoire contre la finance climaticide. Nous avons commis des erreurs mais notre détermination a été la plus forte. Cette bataille qui a duré un an et demi m'a énormément appris.

Pourquoi as-tu poursuivi ce combat au-delà de cette première victoire ?

Aussitôt après avoir obtenu gain de cause, je me demande généralement quelle sera la prochaine bataille à mener. Bizi ! et Attac sont passés à autre chose après Alpha Coal, mais pour moi, m'arrêter et changer de combat était inconcevable. Je me sentais engagée auprès de nos partenaires et des communautés australiennes avec qui j'avais été en contact. On avait donné un coup dur à Alpha Coal – le projet ne s'en est d'ailleurs pas relevé et n'a pas été développé –, mais les écosystèmes et les communautés du bassin de Galilée et de la Grande Barrière de corail demeuraient menacés par les huit autres projets d'extraction charbonnière et le développement des infrastructures associées.

D'un point de vue plus stratégique, je voyais également l'opportunité de s'appuyer sur la bataille contre Alpha Coal pour aller chercher une victoire plus importante contre les soutiens des banques françaises au charbon. BNP Paribas, Crédit agricole et Société générale faisaient partie des quinze premiers financeurs de l'industrie du charbon au niveau international mais des dix premiers en Australie. Il était pertinent de leur demander un engagement à ne soutenir, d'aucune manière, les projets du bassin de Galilée.

Il s'agissait de changer d'échelle ?

Oui. Pour Alpha Coal, nous voulions pousser une seule banque, la Société générale, à se retirer d'un projet spécifique dans lequel elle était déjà impliquée. Désormais, nous demandions à plusieurs d'entre elles de s'engager *a priori* à ne pas soutenir un ensemble de projets qu'elles étaient susceptibles de financer au regard de leur historique dans le secteur du charbon en Australie. Ce basculement était primordial pour atteindre notre objectif : tarir les financements à l'industrie fossile. En effet les batailles ciblées sur un projet spécifique nous condamnent à l'échec car il n'est pas possible de répliquer cela pour les milliers de projets sur la table. Pour autant, demander aux banques de ne plus financer l'ensemble des énergies fossiles, ou même le seul secteur du charbon, n'est pas réaliste et relève de la pensée magique. Bien sûr, c'est une ambition globale, un idéal à atteindre sur le long terme, mais irréaliste sur une durée relativement courte. Il faut donc trouver le juste milieu, la bonne tension entre ce qui est accessible d'un côté et ce qui est significatif de l'autre. Autrement dit, il faut certes gagner mais aussi et surtout que la victoire serve à faire basculer le rapport de force durablement à notre avantage, en imposant certaines pratiques et valeurs ou certains principes à nos adversaires. Par exemple, le fait qu'une banque a une responsabilité dans les impacts des projets et entreprises qu'elle finance, qu'il faut sortir du charbon et cesser de financer son développement.

Avec la bataille sur le bassin de Galilée s'est ouverte l'ère des exclusions sectorielles : nous poussions les banques à ne plus soutenir toute une catégorie de projets en raison de leurs caractéristiques essentielles. Il m'a fallu trois mois pour convaincre les trois grandes banques françaises de s'engager publiquement à ne pas accorder de soutien à l'expansion du charbon dans ce bassin. Le Crédit agricole a justifié sa décision en évoquant "la multitude et la magnitude des impacts potentiels sur le climat et la biodiversité". Cet engagement fortement relayé par la presse a eu un retentissement international. Il a inquiété le monde économique et le téléphone s'est mis à sonner au sein des banques dont les clients craignaient d'être les prochains sur la liste d'exclusion. Toujours dans une logique d'amplification, je me suis servie de cette victoire pour aller chercher des objectifs plus ambitieux. De fil en aiguille, fin 2015, les quatre grandes banques françaises avaient pris l'engagement de ne plus financer aucune mine de charbon partout dans le monde, de nouvelles centrales dans tous les pays riches, et avaient restreint leurs soutiens financiers aux entreprises du secteur. Plusieurs premières à travers lesquelles les banques françaises ont assis leur image de banques particulièrement engagées sur le climat.

PRIX GOLDMAN : LE NOBEL DE L'ENVIRONNEMENT

La bataille contre le projet Alpha Coal était en fait la première d'une longue série pour laquelle, cinq ans plus tard, tu vas recevoir le prix Goldman, souvent présenté comme un prix Nobel de l'environnement. Qu'as-tu obtenu en cinq ans ? Que récompense exactement cette distinction ?

Ce prix m'a été remis fin 2020 en reconnaissance de mon action en faveur de la fin des services financiers au charbon par de grandes banques, sociétés d'assurances et d'investissements. Après 2015 et les premières victoires sur les banques, j'ai élargi la campagne des Amis de la Terre aux assureurs et sociétés d'investissements, autant pour des raisons tactiques que fondamentales : c'est toute la finance qu'il faut sortir du charbon. J'ai ainsi convaincu Axa et Scor de devenir en 2017 les premiers assureurs et réassureurs internationaux à cesser leurs couvertures d'assurances aux nouveaux projets de mines et de centrales à charbon. Puis, j'ai décidé d'internationaliser mon combat en rejoignant le Sunrise Project, une fondation australienne qui venait de lancer un programme international sur la finance et le climat. J'ai alors partagé mon temps entre les deux organisations : j'ai continué à militer et à travailler, bénévolement, sur la finance française avec Les Amis de la Terre, tout en coordonnant de manière rémunérée pour le Sunrise Project une campagne en direction des assureurs européens sur le charbon. Je suis restée au sein de cette organisation deux ans, en 2018 et en 2019, pendant lesquels plus d'une dizaine d'assureurs européens ont suivi la décision prise par Axa et Scor en 2017.

Au total, fin 2019, j'avais donc contribué à convaincre plus d'une quarantaine de banques, assureurs et investisseurs de taille importante de restreindre significativement leurs soutiens au charbon. Au-delà des financements et couvertures d'assurances, plus de 7 000 milliards de dollars d'actifs gérés par des investisseurs français ne pouvaient plus être engagés dans l'expansion du secteur. Cet accomplissement a été salué par le prix Goldman en 2020. C'était la première fois, en plus de trente ans, que cette distinction était octroyée en reconnaissance d'une campagne sur la finance. J'étais donc enchantée par ce coup de projecteur sur ce combat, en plus d'être gratifiée de la reconnaissance de mon rôle dans ces transformations. J'ai découvert, en rencontrant la fondation Goldman, à quel point leur investigation sur les futurs lauréats et les causes défendues est approfondie. Leur objectif pendant cette phase de recherche qui a pris plus de deux ans dans mon cas est de déterminer précisément quelle est la part de l'individu dans la dynamique collective. La fondation m'a dit avoir interviewé de nombreuses personnes ayant travaillé avec moi, y compris des représentants du secteur affirmant qu'ils n'auraient pas opéré de tels changements sans mon intervention. Une information qui donne assez d'énergie pour repartir au combat !

Après avoir gagné ces batailles en travaillant au sein des Amis de la Terre et au Sunrise Project et à la suite de la remise du prix, tu as aussitôt créé ta propre ONG, Reclaim Finance, pourquoi ?

L'objectif premier était de combler un vide, de répondre à un besoin en créant une ONG qui couvrirait l'ensemble de l'écosystème financier, un levier trop peu mobilisé par la société civile dans l'équation environnementale et climatique. Non seulement les ONG qui s'engageaient sur le sujet dans la durée demeuraient rares, mais la plupart des efforts se concentraient sur un pan réduit du secteur financier. L'association BankTrack par exemple – qui scrute l'impact des banques et mène des campagnes en leur direction – ne couvre que ce secteur. De même, Finance Watch – une organisation européenne qui veut représenter la société civile dans les réformes de la réglementation financière – se concentre sur les enjeux réglementaires européens, et ce avec un prisme environnemental très secondaire.

L'objectif de Reclaim Finance est de couvrir tout le secteur financier et de mettre les enjeux de justice sociale et environnementale au cœur de nos travaux. Nous travaillons sur les pratiques des acteurs financiers privés – les banques, les assureurs, les investisseurs et leurs associations professionnelles et autres initiatives collectives – mais aussi sur la réglementation et la régulation, c'est-à-dire les pratiques des gouvernements, des banques centrales et des agences de régulation. Enfin, les autres acteurs – agences de notation, fournisseurs de données et d'indices – contribuent à façonner la manière dont la finance fonctionne et sont aussi dans notre viseur.

Nous avons trois programmes. Le premier vise à mettre un terme aux financements des secteurs incompatibles par essence avec les objectifs de soutenabilité. L'exemple le plus évident étant celui des énergies fossiles. Le deuxième vise à mobiliser la finance pour soutenir les transformations des secteurs qui ont toute leur place dans un monde dans lequel la température est limitée à 1,5 °C, mais à condition qu'ils soient bien transformés et notamment décarbonés. Deux exemples : la production d'électricité ou encore d'acier. Contrairement aux énergies fossiles dont il faut sortir, limiter le réchauffement à 1,5 °C ne requiert pas moins d'électricité ou moins d'acier, il en faut plus. Mais nous devons produire de l'électricité soutenable, comme le solaire ou l'éolien, et sans énergies fossiles ou ressources qui, à l'instar de la biomasse, ont des impacts significatifs sur le climat mais aussi sur la biodiversité ou sur les droits humains. Il en est de même pour l'acier, principalement produit aujourd'hui à partir de charbon métallurgique et pour lequel il faut avoir recours à des énergies et ressources moins impactantes. Enfin le troisième touche au cœur du réacteur.

Il vise à questionner les ressorts mêmes du secteur financier et à les changer profondément de manière à les soumettre aux objectifs de soutenabilité. Nous travaillons notamment à faire reconnaître, par la loi, la responsabilité des acteurs financiers dans les impacts causés par des activités qu'ils ont financées, pour imposer certaines normes comportementales, ou encore pour pousser les régulateurs à contrôler et sanctionner les allégations environnementales trompeuses des acteurs financiers.

Pourquoi avoir choisi le nom Reclaim Finance ?

Notre association a une portée internationale, couvrant des centaines d'acteurs hors de France et hors d'Europe, d'où l'utilisation d'un nom anglais. Le mot *reclaim* ("reprendre", "reconquérir") marque notre intention de repolitiser la finance, d'en faire un objet de débat, d'action citoyenne et de politique publique. La finance est le secteur par excellence traité par les décideurs économiques et politiques comme un sujet technique, à laisser entre les mains d'une poignée d'experts. À nous de nous le réapproprier.

ALERTER NE SUFFIT PAS

Tu dis que "publier des rapports ne suffit pas" pour se réapproprier la finance et ton rôle dépasse d'ailleurs celui de lanceur d'alerte propre aux ONG. *Pourquoi est-ce si important d'aller plus loin ?*

En effet, avoir raison ne suffit pas pour obtenir gain de cause, de même qu'exposer les responsables, à des risques réputationnels notamment, ne suffit pas à les contraindre à agir et encore moins à garantir qu'ils le font selon des modalités à même de remédier aux problèmes identifiés. Prenons un exemple : publier de nouvelles preuves démontrant que Total avait connaissance de l'impact de ses activités sur le climat fait-il avancer la bataille ? Non, car le dérèglement climatique est connu depuis des décennies, de même que la responsabilité des énergies fossiles dans le phénomène. Convaincre la minorité qui se complaît dans son refus de ces deux faits ne permet pas de bousculer la minorité qui gouverne. Cette dernière sait, mais n'agit pas, non par manque de connaissance, mais parce que ce serait contraire à ses intérêts.

S'il est important de remporter la bataille des idées, il faut donc surtout remporter celle des institutions, ce qui suppose de faire des propositions alternatives pertinentes et réalistes. S'ensuit un travail de conviction, de démonstration et surtout de construction d'un rapport de force, deux étapes négligées aujourd'hui. Certains militants trouvent satisfaction, voire une certaine jouissance, dans la simple validation de leur lecture du monde : "J'ai alerté sur les agissements de cette entreprise mais ni l'entreprise ni le politique n'ont agi pour mettre un terme à la situation dénoncée. Cela prouve bien que seuls leurs intérêts personnels leur importent." Ils ont renoncé à convaincre et contraindre. Être du bon côté leur suffit. D'autres refusent le travail de négociation quand on rentre dans le dur pour traiter les modalités d'une mesure dans ses moindres détails. Souvent la technicité ne les rebute pas, ils maîtrisent le sujet. Mais ils refusent cette étape car celle-ci comprend toujours une part de compromis. Et dans l'univers militant, compromis rime souvent avec compromission.

Je postule qu'il règne une certaine culture de la défaite dans les milieux militants et que beaucoup ont acté leur échec à transformer les choses et ont donc renoncé à se battre en vue de gagner. C'est le sujet du discours que j'ai prononcé quand j'ai reçu le prix Goldman pour l'environnement en 2020.

Discours de Lucie Pinson, lauréate 2020 du prix Goldman

Nous pouvons gagner la guerre climatique.

Les événements climatiques extrêmes s'accélèrent et s'intensifient, paupérisant encore plus les moins responsables de la catastrophe écologique et attisant les tensions sociales sur fond de montée des nationalismes. L'Arctique fond, la Californie et l'Amazonie sont en feu, les inondations frappent ici, la sécheresse sévit là-bas. Beaucoup se tournent vers des décideurs politiques et économiques. Mais après des décennies de lutte écologiste et autant de mouvements successifs – dont le dernier insufflé par Greta il y a plus d'un an –, le sursaut n'est toujours pas là.

Et pourtant…

Nous pouvons gagner la guerre climatique.

C'est ce que je me suis refusée à croire pendant des années. Comme beaucoup d'autres, je ne voyais pas ce que moi, seule, "personne", pouvais faire face à cette catastrophe en marche et à ces injustices croissantes. Me consacrer aux urgences humanitaires causées par les dysfonctionnements de nos sociétés ? Revoir mon mode de vie était une évidence, mais quoi d'autre ?

Et puis j'ai découvert le secteur le plus polluant au monde : la finance.

La finance est au cœur de notre système économique. Sans elle, aucune activité ne serait possible. Or, malgré toute la bonne volonté – affichée ou sincère – de la finance dite "durable", la finance majoritaire alimente la catastrophe climatique.

Banques, assureurs et investisseurs orientent la majorité de leurs services vers le développement de pratiques dopées aux énergies fossiles. La finance est aujourd'hui complice de la surexploitation des ressources naturelles et de lourdes violations des droits humains. Dans mon pays, la France, l'ex-président François Hollande a proclamé : "L'ennemi, c'est le monde de la finance."

Mais non. L'ennemi, c'est ce que j'appelle la Culture de la Défaite.

Le plus grand mal de nos sociétés n'est peut-être pas d'anéantir le vivant et de détruire nos environnements, mais de faire croire que nous n'y pouvons rien changer. Que pouvons-nous face… à la hiérarchie, à la concurrence, au capitalisme, au "système", à la nature humaine… ? Chacun a ses raisons pour se penser impuissant, chacun a sa montagne infranchissable pour se sentir trop petit. Les comportements individuels changent mais cette culture mène beaucoup à renoncer à changer les règles du jeu, avant même d'avoir essayé. La majorité cultive son jardin ou balbutie son désaccord à la machine à café. La minorité impliquée, salarié(e) d'ONG ou responsable RSE en entreprise, s'autocensure pour se cantonner au rôle attendu d'eux. Ici, on conteste, on porte des demandes plus symboliques qu'utiles ; là, on donne l'apparence d'une entreprise responsable sans porter des initiatives vraiment impactantes mais aussi plus disruptives. On nettoie le camp de base, mais on n'attaque jamais la montée.

Nous pouvons gagner la guerre climatique, mais à condition de ne pas rester témoins ou figurants de la catastrophe climatique. Celle-ci n'a rien d'inéluctable. Comment gravir une montagne infranchissable ? Un pas après l'autre.

C'est ce que j'ai décidé de faire en 2013 en m'engageant aux côtés des Amis de la Terre dans une des nombreuses batailles à mener si nous voulons gagner la guerre climatique : stopper les énergies fossiles. Pour cela, il faut avant tout couper le robinet : provoquer l'arrêt complet des services financiers à ces industries. De même que la guerre climatique est le plus grand défi auquel l'humanité fait face, cette bataille pouvait sembler loin de ma portée. C'est simple, je ne connaissais alors rien à la finance. À Paris, j'avais face à moi des banques, assureurs et investisseurs parmi les plus gros au monde, des milliers de milliards de dollars. Tous soutenaient massivement le charbon, industrie responsable de millions de morts et première source d'émissions de gaz à effet de serre.

Mais nous pouvons gagner la guerre climatique.

Aujourd'hui, j'ai l'honneur de recevoir le Goldman Environmental Prize. J'ai mis, aux côtés de mes collègues, français et internationaux, toute mon énergie à convaincre ces acteurs, un par un, d'adopter des mesures inédites et ambitieuses visant à stopper le charbon. Cela ne s'est pas fait d'un coup, mais par étapes. À coups de pédagogie, de négociations et de combats. Une banque après l'autre, un assureur après un investisseur. Toujours avec une conviction en tête : chaque victoire isolément ne suffira pas à contenir le réchauffement sous les 1,5 °C mais sauve immédiatement des vies… et est sur le long terme indispensable pour gagner la guerre climatique.

Quand les banques françaises ont été les premières au monde à arrêter de financer des nouveaux projets de mines et centrales à charbon à partir de 2015, Axa a été le premier en 2017 à ne plus en assurer et à ne plus investir dans des entreprises qui, loin de se contenter du charbon existant, entendent aggraver la situation climatique et sanitaire en construisant de nouvelles centrales à charbon. En 2019, Crédit agricole a adopté la première politique globale de sortie de l'ensemble du secteur du charbon. Les jalons se sont succédé et, aujourd'hui, près d'une vingtaine d'acteurs financiers de taille significative sont en voie de soutenir de manière efficace la sortie du charbon au niveau international.

À chaque étape, on m'a tout d'abord rétorqué des "C'est trop compliqué, on n'arrivera jamais à le porter", "C'est impossible, on se tirerait une balle dans le pied", "C'est irréaliste et ça ne passera jamais les validations de mes supérieurs, ce n'est même pas la peine d'essayer". Puis, l'impossible devenait envisageable avant finalement de passer les ultimes validations. Le risque de réputation a été essentiel à ces victoires, mais celles-ci n'auraient pu advenir sans la conviction d'individus à pouvoir, individuellement et collectivement, changer les choses.

Le Goldman Environmental Prize, remis à six individus tous les ans, démontre que chacun d'entre nous peut arracher les victoires d'étape nécessaires pour gagner la guerre climatique. Oui, le monde va mal. À nous tous de refuser cela. Ne nous laissons pas piéger par la culture de la défaite, qui nous tue à petit feu. À chaque fois que quelqu'un monte une marche, nous sommes en train de gagner la guerre climatique.

Lucie Pinson

Tu as su créer des liens avec de nombreux représentants du secteur financier et tu fais sans cesse le va-et-vient entre un univers très militant et les bureaux de dirigeants d'entreprise. Comment as-tu développé cette faculté d'adaptation ?

Mes études supérieures dans une école catholique très sélective dans la banlieue angevine y ont largement contribué. L'institut Albert-le-Grand était aux antipodes de mon milieu d'origine ancré à gauche et plutôt contestataire. Ma mère était syndiquée, mon père était souvent pilier de grève. Sans être pauvres, mes parents avaient néanmoins de petits moyens. Mon père était facteur et ma mère éducatrice de jeunes enfants, avant de devenir formatrice d'éducateurs, puis responsable d'un centre de formation, avec un meilleur salaire. Notre train de vie était modeste. Les vacances d'été par exemple, chez ma grand-mère en Bretagne ou dans les Pyrénées dans un camping aux conditions des plus rustiques, étaient très simples : la marche était l'activité principale et nous dépensions peu, il fallait choisir le jour de la glace et celui du restaurant qui relevaient de la fête absolue. Donc me scolariser dans une école privée et payante n'était pas au programme.

J'ai découvert par hasard au forum des métiers l'institut Albert-le-Grand sous une banderole séduisante : "Cursus international de lettres modernes et de sciences politiques". Dès le jour des portes ouvertes, j'ai compris que je n'appartenais pas à ce milieu. Au-delà des faciès et du style vestimentaire très marqués à droite, l'école avait été fondée par un abbé, une chapelle trônait en plein milieu du site, des cours de théologie étaient dispensés et la journée pouvait commencer par une prière… Mais je souhaitais quitter la banlieue nantaise et j'étais certainement un peu fascinée aussi par l'idée de me frotter à des gens vraiment différents. Sur ce plan, j'ai été servie, constamment renvoyée à mes racines, à ma classe et à mes croyances. L'un voulait me convertir à la religion chrétienne quand l'autre faisait de la propagande antiavortement. Le plus dur était d'entendre des remarques sur les fainéants de fonctionnaires, les assistés sans emploi ou les prolétaires. Cette expérience a accéléré ma politisation.

Comment t'es-tu adaptée à ce contexte ?

Plutôt que de me renfermer, j'ai choisi de prendre sur moi et je suis devenue Mme Sourire, toujours de bonne humeur, dynamique et volontaire. J'étais appréciée et j'étudiais avec la perspective que je serai demain dans l'autre camp. Je voulais leur montrer qu'on pouvait être de gauche, issue d'un milieu prolétaire, et réussir. Et de fait j'étais major de promo. Cependant cet état d'esprit revanchard ne me remplissait pas d'une énergie positive. Du reste, j'ai tissé très peu de relations.

J'ai appris à tout contrôler, jusqu'à mon alimentation. Cette expérience m'a finalement autant forgée que meurtrie, détruite, mais je ne la regrette pas. Elle a beaucoup contribué à m'apprendre à débattre et à dialoguer de manière efficace, et désormais de manière apaisée, avec ceux qui ne représentent pas les mêmes intérêts. J'en ai aussi tiré une capacité d'adaptation que j'ai ensuite renforcée au cours de mes études en Afrique du Sud, puis à Paris. Enfin mon compagnon, issu d'un milieu bien plus aisé que le mien et d'une famille d'entrepreneurs, a largement contribué à ce que je ne devienne pas le stéréotype de l'activiste de gauche décroissante.

3.

COMMENT LUTTER POUR GAGNER ?

DÉNONCER MAIS DIALOGUER

Il existe des outils et des méthodes éprouvées pour qu'une ONG ne laisse rien au hasard afin d'obtenir gain de cause. Peux-tu décrire certaines des étapes essentielles d'une campagne réussie ?

Un principe fondamental est qu'il ne suffit pas de dénoncer, il faut aussi dialoguer avec le camp d'en face, pour le connaître et l'accompagner. De ce point de vue, Reclaim Finance reste un ovni dans le paysage des ONG. La plupart d'entre elles choisissent entre dénoncer et dialoguer. Certaines restent à distance de leurs cibles, dénoncent de l'extérieur et portent des demandes claires, simples, sans s'encombrer de leur application. Elles jouent un rôle crucial dans la construction du rapport de force en influençant le débat public et en tentant de réunir toujours plus de monde derrière leurs messages. D'autres agissent de l'intérieur, au contact direct des entreprises qu'il faut changer. Ces organisations peuvent être très utiles pour porter des messages auprès d'un public sourd aux appels de la rue. Mais leur crainte d'effrayer l'adversaire les pousse parfois à s'autocensurer, à être trop clémentes, voire à adopter la grille de lecture adverse confondant ainsi la méthode et l'objectif.

En réalité une bonne campagne doit jouer sur les deux tableaux, ce qui nécessite donc de savoir collaborer entre organisations de la société civile. Au sein de notre association Reclaim Finance, nous combinons les deux approches et travaillons aussi avec un très large panel d'acteurs. Nous sommes très clairs et précis dans nos demandes et nous ne nous censurons jamais. Notre avis sur tel ou tel acteur financier, telle ou telle réglementation est connu. Nous sommes aussi affiliés aux Amis de la Terre et nous reconnaissons dans un certain mouvement très radical de la société civile. Mais nous n'avons pas l'appareil tactique des organisations qui "jouent à l'extérieur" et qui ont une force de frappe militante directe. Nous nous considérons plutôt comme le back-office, un service de soutien des mouvements sociaux à qui nous apportons de l'expertise, sur les acteurs financiers et les entreprises clés. Inversement, nous passons une grande partie de notre temps à dialoguer avec les sociétés du secteur de la finance, les banques, les assureurs, et à produire des analyses et propositions spécifiques à chacun. Toujours bénévolement, bien entendu, pour garder une indépendance absolue. Être proches de nos cibles est essentiel car il est impossible de transcrire une demande politique simple en mesures précises et efficaces sans connaître les tuyauteries des institutions que l'on tente de transformer. Les plus fins connaisseurs demeurant les praticiens, c'est à leur contact que l'on comprend le fonctionnement d'un secteur – comme la finance ou les énergies fossiles –, les contraintes à prendre en compte, et si, pour répondre à un problème, il est possible de changer toute la tuyauterie ou une pièce seulement.

ÊTRE EXPERT ET FACTUEL

Amorcer cette relation avec l'adversaire nécessite de gagner sa confiance. Comment es-tu parvenue à cela dans un univers aussi complexe et technique que la finance ?

Aujourd'hui Reclaim Finance est connue et reconnue comme une source d'informations fiable par les acteurs financiers, mais aussi par les médias spécialisés, y compris le *Financial Times* qui nous contacte régulièrement, ce qui participe à être pris encore plus au sérieux par nos interlocuteurs financiers. Cette fiabilité a évidemment des limites car notre matériel de base – les informations collectées sur les plateformes financières payantes – n'est pas totalement infaillible.

Nous bâtissons notre communication à l'image de notre public, le monde de la finance. Cela implique d'éviter les extrapolations, les envolées lyriques, afin de laisser les faits parler d'eux-mêmes. Le fond reste aussi sobre que la forme. Nos cibles suivent la moindre de nos communications et sont particulièrement susceptibles, ce qui suppose des informations précises, nuancées et absolument fidèles à la réalité. C'est un exercice d'équilibriste puisqu'il nous faut aussi être compris des non-experts et proscrire les messages greenwashing de certains acteurs. De même une certaine retenue est de mise : toute mesure adoptée par un acteur ne mérite pas d'être commentée, même lorsqu'elle relève d'une dynamique naissante ou de son volontarisme.

Reclaim Finance juge les faits et non les intentions. Cela nous permet d'appliquer le même traitement à tous les acteurs, que l'on se sente plus ou moins proches. Une hygiène essentielle car les institutions financières sont bel et bien incarnées par des personnes, dont certaines avec qui l'on s'entend bien, voire très bien, et d'autres que l'on n'apprécie guère.

Ces liens subtils découlent de nos efforts pour créer une relation approfondie avec nos adversaires. Pour cela nous sommes le plus transparents possible et laissons la place nécessaire au dialogue avant de lancer une campagne. La règle de base est de s'assurer que nos adversaires connaissent nos positions, nos priorités, nos demandes et même nos communications avant leur publication. Comme toute règle, celle-ci peut être enfreinte, mais jamais sur des sujets non discutés au préalable avec l'acteur financier. Nos pratiques incluent le partage des fichiers sources des données financières que l'on entend publier. De même, nous avertissons avant la sortie d'un rapport ou d'une information, et nous donnons un droit de réponse. Nos rendez-vous sont aussi des temps de négociation pendant lesquels nous indiquons très clairement les lignes rouges qui garantissent un jugement positif de notre part et permettent d'éviter les foudres. Nous leur donnons autant d'informations que nous le pouvons pour ne pas mettre nos interlocuteurs devant le fait accompli. Nos principaux contacts sont souvent en partie payés pour gérer les relations de leurs entreprises avec des ONG comme Reclaim Finance et éviter la controverse. Leur donner ce laps de temps ne change rien pour nous mais peut leur permettre de faire remonter l'information pour mettre leurs supérieurs devant leurs responsabilités, voire pour trouver une solution. C'est rare mais si cela arrive, nous en sortons gagnants puisque cela libère des ressources pour s'atteler à d'autres problèmes. Nos interlocuteurs peuvent s'avérer nos seuls ou meilleurs alliés au sein de ces institutions telles que les banques par exemple. Si nous leur donnons autant d'informations que possible, inversement, nous respectons la confidentialité qu'ils nous demandent, exception faite des fuites volontaires et explicites qui visent par nature à être diffusées. Nous sommes là pour durer et devons donc garantir les conditions de notre activité. Briser la confidentialité ne pourrait que nous nuire.

Dernier point important dans la construction de cette relation, nous sommes des gens sympas et curieux ! Personnellement, j'adore rencontrer des représentants du secteur financier. Si la réunion est à sens unique ou que notre interlocuteur enchaîne les mots creux pour éviter toute discussion, c'est évidemment frustrant. Mais si le dialogue est ouvert, il peut devenir très intéressant, malgré le désaccord et le conflit et même grâce à eux. J'ai appris à me frotter à ces acteurs quand j'étais aux Amis de la Terre. Je l'ai fait alors pour des raisons tactiques : Les Amis de la Terre n'avaient alors pas le pouvoir d'action de Greenpeace et il me fallait trouver d'autres moyens d'agir. Or l'un d'entre eux consiste à "faire le boulot à la place de", ce qui est toujours plus efficace que d'attendre que l'adversaire le fasse. C'est à nous de penser les mesures à mettre en place pour résoudre un problème. Bien sûr, ces institutions ont les ressources pour le faire et certains militants ne comprennent pas que nous rendions ce service bénévolement. Certes, mais le principe de réalité s'impose : lorsqu'une banque n'a pas pour priorité de cesser de financer de nouvelles infrastructures polluantes, par exemple, nous n'avons pas le choix. Et à ce stade autant le faire avec le sourire et en profiter pour en apprendre toujours un peu plus sur les rouages du secteur – qui s'avère passionnant.

Cette relation ne peut se construire que sur la durée. Même si notre réputation nous précède, que nos interlocuteurs connaissent donc nos pratiques et notre capacité de dialogue, rares sont ceux qui sont prêts, par exemple, à partager un brouillon de nouvelle politique avec nous pour collecter notre avis dès le premier rendez-vous. Des facteurs générationnels ou culturels expliquent aussi que certains demeurent très réfractaires au dialogue.

Ce professionnalisme nécessite des salaires appropriés, quelle est la place de l'argent dans le fonctionnement de Reclaim Finance ? Quel est votre budget ? Quelles sont vos sources de financement ?

Le salaire est un critère important pour attirer des candidats aux profils variés, des jeunes qui débutent comme des plus expérimentés, des personnes qui pourraient prétendre à des salaires bien plus élevés dans le secteur privé, en particulier financier, ou qui doivent pouvoir sécuriser un certain montant pour rembourser le prêt étudiant qu'elles ont contracté. Le secteur associatif français rémunère très peu, s'appuyant sur la dévotion des équipes pour justifier les bas salaires. Au sein de notre association Reclaim Finance, l'ambition est d'avoir des postes payés plus d'une fois et demie le Smic pour les plus bas salaires et de réhausser la gratification pour les stages de manière à permettre à des profils juniors de candidater quand bien même ils ne seraient pas soutenus financièrement par leurs parents. Avec un écart salarial de un à deux entre le plus petit et le plus haut salaire, un défi est de retenir certaines personnes désireuses de voir leur rémunération personnelle revue à la hausse de manière régulière. On ne pratique pas cela. On tente de suivre l'inflation, et les hausses sont ainsi collectives, mais ce n'est pas toujours possible. Notre budget est déjà de plus de 4 millions, les salaires étant de loin la part du lion de nos dépenses – avant l'achat de base de données énergétiques et financières –, et les sécuriser auprès de fondations nous donne parfois des sueurs froides, surtout dans le contexte économique actuel.

ADOPTER LES CODES SOCIAUX DE L'ADVERSAIRE

Parmi les pratiques qui témoignent de la rigueur de votre démarche, vous adoptez une communication qui, esthétiquement et formellement, ressemble à celle des banques. Cela permet-il de réduire les distances entre les acteurs de la finance et vous ?

Absolument et cela concerne notre communication au sens large. Pour convaincre les banques, il me semble nécessaire d'adopter leurs codes sociaux, comportementaux, vestimentaires, langagiers. Je dois faire en sorte que notre discussion ne soit pas parasitée par des éléments qui rappelleraient que les mesures que je propose sont liées à une vision sociétale probablement très différente de la leur, même si certains la partagent peut-être. D'autant que mon objectif n'est pas que mes interlocuteurs adoptent l'intégralité de mes convictions ou de ma vision sociétale, mais qu'ils acceptent à un moment T de mettre en œuvre des demandes concrètes et précises. Le code vestimentaire fait partie de leur univers professionnel et quand bien même ils seraient certainement nombreux à déplorer l'uniforme costume-cravate, cela reste un marqueur fort. Venir en pull, t-shirt et tennis, c'est prendre le risque d'être renvoyé à l'imaginaire et au cliché de l'activiste idéaliste mangeur de quinoa. Pour avoir gain de cause, il est inutile, voire contre-productif, qu'ils me rattachent à un positionnement politique de gauche radicale, prodécroissance. Gommer ces éléments parasites de la discussion est nécessaire. Quand je vais dans une banque, je m'habille donc de la même façon que les gens qui y travaillent, avec une veste, un chemisier et des talons, *a fortiori* si je connais peu l'interlocuteur.

Cet effort d'adaptation se décline dans la construction de la relation. Par exemple, lorsqu'un rendez-vous est proposé, il ne faut pas être trop proactif dans le choix du lieu. Parfois mes interlocuteurs suggèrent un lieu extérieur à l'entreprise. Ce n'est pas toujours anodin : un repas ou un café permettent des échanges plus confidentiels. Savoir s'adapter permet aussi de tirer le meilleur parti de la réunion. Personnellement, j'aime être en contact avec tous les milieux et passer d'un univers à l'autre, faire un jour une présentation dans une formation à la mobilisation climatique – dans les camps climat organisés par le mouvement citoyen Alternatiba par exemple – entre deux meules de foin, les pieds dans la boue, puis déjeuner le lendemain dans la suite privée du DG d'une grande entreprise.

SENSIBILISER ET PRÉSENTER LE DILEMME

Une fois cette relation de confiance instaurée avec tes cibles – ici les banques –, quelles sont les étapes nécessaires pour obtenir des avancées concrètes ?

Bien entendu, ce n'est pas aussi linéaire. La confiance se gagne sur la durée et n'est jamais définitivement acquise, elle peut être retirée plus vite qu'il n'a fallu de temps pour la gagner. La première étape incontournable en début de campagne consiste à informer et à sensibiliser ses interlocuteurs. Au départ, il est bon de ne pas se focaliser sur un point trop précis de la problématique que l'on souhaite aborder. Il vaut mieux avoir une base de discussion très large, pour laisser le temps à nos interlocuteurs de s'approprier le sujet. Aller trop vite en faisant valoir des demandes trop précises sur un sujet serait contre-productif. Le problème n'étant pas traité en interne, l'adversaire n'est pas en capacité de répondre avant quelque temps. Rendre le sujet public prématurément et dans la confrontation reviendrait donc à déployer des ressources inutilement et risquerait, si des militants sont mobilisés dans la foulée, de les solliciter inutilement, de les fatiguer, voire de les épuiser physiquement et moralement en donnant l'impression que rien n'avance malgré leur mobilisation. Nos interlocuteurs pourraient aussi se sentir trahis et être fragilisés au sein de leur entreprise puisque c'est souvent à eux qu'il revient d'alerter en interne sur les risques de réputation liés à la campagne d'une ONG. L'irruption sur la place publique d'un sujet qu'ils n'ont pas eu le temps de faire remonter les mettrait en difficulté et réduirait nos chances par la suite d'avoir de bons canaux de communication avec et au sein de l'organisation adverse, ce qui est pourtant indispensable pour leur faire appliquer de nouvelles pratiques.

Prenons un exemple concret : avant même de demander à une banque de conditionner tout financement à un de ses clients producteurs d'électricité à un engagement à ne plus développer de nouvelles centrales à gaz, nous devons aborder l'enjeu de la transformation du secteur de la production d'électricité dans son ensemble. La discussion va dans les deux sens. Il est essentiel de chercher à comprendre comment les banques abordent cette question dans leurs pratiques et quels sont les freins et opportunités qu'elles perçoivent. De notre côté, on rappelle ce que disent la science, les chiffres et les faits, on informe à propos des risques et impacts de l'industrie, notamment sur le climat. De même on contextualise en rappelant les ordres de grandeur et l'état des alternatives technologiques, et enfin on met en perspective les évolutions et les projections du secteur avec ce que disent les scénarios pour limiter le réchauffement à 1,5 °C.

Ce type de discussion va se maintenir tout au long de la campagne, en se complexifiant : plus on approche des négociations critiques, plus on avance dans les subtilités de chaque sujet. Assurer cette compréhension partagée du profil des entreprises concernées permet d'identifier puis de leur présenter et de discuter les différentes étapes que la banque ou un autre acteur financier peut mettre en place pour atteindre l'objectif final à court ou moyen terme. Répéter les faits et les enjeux qui sous-tendent chaque étape et comment les suivre a des vertus pédagogiques, surtout quand il s'agit de déconstruire des mythes dont nos adversaires, comme nous bien souvent, sont pétris. Parmi ces idées reçues beaucoup pensent par exemple que le gaz est une énergie naturelle, sous-entendue propre et dont le développement est nécessaire pour la transition. Ils restent aussi convaincus que seules de grosses infrastructures énergétiques peuvent répondre aux besoins énergétiques des populations. Un système énergétique plus éclaté reposant sur des énergies soutenables, éolienne et solaire, couplées avec des batteries et un développement des réseaux, leur paraît au contraire une idée farfelue alors même qu'il s'agit d'un modèle absolument pertinent et réaliste.

Ces discussions peuvent se tenir en tête à tête ou en groupe. Nous organisons par exemple à échéances régulières des webinaires – séminaires en ligne – d'une heure pendant lesquels nous faisons intervenir deux experts qui peuvent être des chercheurs, des praticiens ou des communautés concernées par le sujet. Cela permet de toucher plusieurs dizaines d'institutions au-delà des frontières françaises. Ces discussions à huis clos se déroulent sous le sceau de la confidentialité. Le but est d'approfondir les sujets, de les aborder dans leur complexité, aussi bien à travers les aspects théoriques qu'en s'appuyant sur des cas concrets qui peuvent concerner des clients et des participants – un producteur d'électricité par exemple ou ses parties prenantes. Pour que cette démarche soit efficace, ce type de rencontre doit être décorrélé de demandes précises, en laissant derrière nous notre rôle de militants.

C'est après avoir installé le sujet que nous pouvons pleinement lancer la campagne. Nous la construisons autour d'une demande claire et spécifique, circonscrite à un point majeur du sujet discuté préalablement dans toute sa complexité. Cette demande cadre l'opposition qui se joue, le temps de la campagne, entre nous et l'adversaire. Préciser la requête en amont responsabilise l'adversaire en lui donnant la capacité de mettre un terme à la campagne en répondant à notre attente. Cela permet aussi de juger de l'avancée et de la réussite de la campagne, ce qui est particulièrement important quand on mobilise des militants dont il faut maintenir la motivation.

Pour se mobiliser, le public doit donc lui aussi être sensibilisé. Comment attirer l'attention des citoyens sur un tel sujet qui peut sembler loin de leur quotidien ?

Mobiliser contre les banques peut sembler facile car elles ont mauvaise réputation, surtout depuis la crise financière. Vues comme "perverties" par nature, elles semblent néanmoins trop massives pour être ébranlées et forcées à se transformer. Une image de robustesse potentiellement démobilisatrice. Face à cela il s'agit de montrer qu'une solution au problème identifié existe. Mais, en amont, pour retenir l'attention du public sur un problème qui, *a priori*, ne l'intéresse pas, il faut entrer en résonance avec ses préoccupations en nous appuyant notamment sur les opportunités données par l'actualité. Ce fut le cas en 2017 : une campagne nous a été servie sur un plateau.

L'année précédente, en 2016, mes partenaires américains m'avaient contactée pour m'informer du soutien – à travers un mandat de conseil – de BNP Paribas à un projet appelé Texas LNG, un terminal d'exportation de gaz naturel liquéfié à partir de gaz de schiste. Si combattre le gaz n'est pas une mince affaire aujourd'hui, c'était plus difficile encore en 2016-2017. D'autant que nous manquions de moyens pour déployer une campagne adaptée et que les ressources des Amis de la Terre et de notre réseau étaient alors massivement mobilisées par le procès de notre président, Florent Compain, poursuivi par BNP Paribas pour une réquisition citoyenne de chaises visant à dénoncer l'évasion fiscale de la banque. J'avais donc refusé de faire de ce sujet un axe majeur de campagne. Mais voilà, un événement a tout changé : l'arrivée de Donald Trump à la Maison Blanche début 2017. Souvenons-nous. Donald Trump installait les énergéticiens favorables aux énergies fossiles aux postes clés, démantelait une à une les normes de protection environnementales et menaçait de faire sortir les États-Unis de l'Accord de Paris. Tous les regards étaient portés sur lui et il était dans tous nos esprits. L'une de mes premières pensées au réveil à cette époque-là était : "Qu'a-t-il encore fait cette nuit ?" Donald Trump m'a offert sur un plateau les conditions pour lancer une campagne demandant à BNP Paribas de se retirer non seulement de Texas LNG, mais plus globalement de toutes les énergies fossiles en Amérique du Nord. Texas LNG partageait de nombreux traits caractéristiques d'autres grands projets d'énergies fossiles extrêmement controversés et qui avaient généré de fortes mobilisations aux États-Unis et au Canada. On peut citer le Keystone XL, un oléoduc de sables bitumineux (un des pétroles les plus polluants), ou le DAPL, un oléoduc de fioul lourd dont le tracé traversait la réserve de Standing Rock. Texas LNG avait pour point commun avec Keystone XL de reposer sur un hydrocarbure non conventionnel – le gaz de schiste pour Texas LNG et les sables bitumineux pour Keystone XL – et les trois menaçaient les droits des populations autochtones. Si Obama avait mis à l'arrêt ces deux projets, Trump les a relancés dès son arrivée à la Maison Blanche fin janvier. Début février, dans ce contexte, j'ai décidé d'abandonner tous mes projets sur le charbon en vue des assemblées générales (AG) de 2017 des grandes banques pour me concentrer sur BNP Paribas et son soutien à l'industrie fossile nord-américaine. Trump était une figure tellement clivante qu'il nous était facile de polariser le débat. Le dilemme pour BNP Paribas était le suivant : soutenir la folie climaticide de Trump, au profit de l'industrie fossile au détriment des populations autochtones, ou protéger le climat et les droits humains, en "bon représentant" du camp européen. À un moment où les citoyens étaient inquiets des décisions de Trump mais n'avaient pas fait le lien avec les banques françaises, nous avons fait ce lien pour eux, et il était impossible pour la banque de s'y soustraire, d'autant que notre campagne a bénéficié d'un énorme relais médiatique.

Comment avez-vous posé et mis en scène ce dilemme ?

Après la publication d'un premier rapport sur le projet Texas LNG, nous avons organisé une première action dans une agence bancaire à Paris dans laquelle nous avons installé un long pipeline qui crachait de la fumée à l'extérieur. Puis une seconde action de grande ampleur a consisté à faire le procès parodique de Jean-Laurent Bonnafé, le directeur général de BNP Paribas, pour crime climatique et évasion fiscale. Nous avons ensuite invité deux habitants de la région mobilisés contre Texas LNG à venir des États-Unis pour rencontrer les banques françaises et assister à leurs assemblées générales. L'un des deux était le chef de la tribu des Esto'k Gna, Juan Mancias, un personnage très charismatique qui nous a permis de mettre en scène leur venue avant même leur arrivée en France de manière à obtenir de nombreuses interviews et à renforcer le rapport de force. Moins de deux ans après la COP21, et alors que les médias s'étaient lassés des enjeux climatiques, la question des droits humains était centrale, peut-être plus puissante que celle de la lutte contre le réchauffement planétaire. La réaction ne s'est pas fait attendre : lors de l'assemblée générale de BNP Paribas, Jean-Laurent Bonnafé a alors annoncé que la banque allait adopter une nouvelle politique vis-à-vis du secteur du pétrole et du gaz d'ici la fin de l'année, précisant sa position sur ce qu'elle s'autorisait ou non à financer en Amérique du Nord. En un temps aussi court, c'était inespéré. Pourtant il ne fallait surtout pas relâcher la pression et nous l'avons maintenue par la suite pour éviter que cette annonce ne retombe et pour garantir l'adoption concrète d'une bonne politique.

À ce stade l'agenda "communication" de la rentrée des Amis de la Terre était déjà plein, sans créneau pour rappeler BNP Paribas à ses promesses. Comment faire ? J'ai trouvé une solution inattendue : le youtubeur Vincent Verzat, de la chaîne Partager c'est Sympa, voulait lancer son vlog à propos des citoyens qui agissent pour l'écologie. Il me restait du budget et je lui ai donc proposé de l'emmener faire sa première vidéo sur Texas LNG et la mobilisation contre les projets fossiles aux États-Unis. Si je ne pouvais pas communiquer sur le sujet à travers les Amis de la Terre, lui le pouvait. Vingt minutes de vidéo-documentaire ont été publiées en septembre et quelques semaines plus tard BNP Paribas a annoncé renoncer à financer tout nouveau projet de gaz et pétrole de schiste ou sables bitumineux, y compris les infrastructures pour leur transport ou leur transformation et sans oublier les entreprises très impliquées dans ces activités. Texas LNG comme les autres terminaux de gaz naturel liquéfié d'Amérique du Nord se sont retrouvés hors jeu. C'était une énorme victoire. Chose rare, j'ai publiquement félicité la banque, en tournant une petite vidéo avec Vincent Verzat.

Tu viens d'évoquer tes interventions dans les assemblées générales des grandes banques françaises ? Comment parviens-tu à t'immiscer dans ces réunions "internes" ? Comment se passent-elles ?

Effectivement, chaque année, nous participons aux AG des banques. Les AG ne sont accessibles qu'aux actionnaires, mais nous possédons quelques actions qui nous permettent d'avoir un droit d'entrée et d'être présents. Porter la contradiction au sein même du camp adverse est une étape essentielle dans une campagne, mais ces interventions suscitent souvent des tensions. Je me souviens notamment d'une assemblée générale du Crédit agricole où j'ai emmené avec moi un photographe américain appelé Paul Corbit Brown travaillant pour les Nations unies, un militant écologiste, qui venait interpeller la banque à propos du *mountain top removal* ("mine à déplacement de sommet"), une forme d'extraction à ciel ouvert qui consiste à décapiter et à racler les montagnes en utilisant de grandes quantités d'explosifs. Il était venu faire un témoignage personnel, sa famille étant en première ligne des impacts, également sanitaires, et montrer ses photos des désastres causés par ces pratiques – des images effrayantes ! Je l'ai accompagné en AG pour traduire sa question (car oui, en France, il faut parler la langue de Baudelaire). Au moment où il a montré les photos et raconté les problèmes de cancer et d'effondrement de maisons provoqués par les mines, les caméras ont été coupées, le micro lui a été arraché. Sa parole et son récit sur la réalité des activités financées par la banque, Crédit agricole en l'occurrence, n'étaient pas les bienvenus. Là, j'ai fait un scandale et parcouru l'assemblée pour obtenir le droit de poser la question, droit qui m'a été promis, mais finalement jamais donné. Quand nous sommes sortis de l'AG, j'étais en pleurs. Que l'on puisse avoir aussi peu de considération et faire preuve d'autant de violence à l'égard d'une personne dont la vie a été ravagée pour du charbon me rendait folle de rage. Paul, tristement rompu à cette violence – comme je le deviendrai aussi –, était là pour me réconforter et m'a proposé de m'offrir un verre. Après cet événement fâcheux, le responsable RSE du Crédit agricole de l'époque s'est excusé et les années suivantes j'ai été reçue dans d'excellentes conditions, du moins tout le temps qu'il exerçait.

Les assemblées générales se passent plus ou moins bien, mais si nous nous faisons rarement applaudir – cela m'est tout de même arrivé une fois –, nous nous faisons globalement huer et interrompre. Aujourd'hui, ces moments ne me font ni chaud ni froid. Je prends mon mal en patience, j'attends ostensiblement que les sifflements s'arrêtent pour reprendre ma question. Je fais aussi bon usage de ma voix qui porte pour éventuellement finir ma question quand bien même le temps imparti serait écoulé. Je juge la banque, non pas sur la réception de notre question par les actionnaires présents, mais sur le comportement de la direction et notamment s'ils interfèrent quand les intervenants se font fortement insulter. Je me souviens de l'assemblée générale de Société générale qui sous Frédéric Oudéa (ancien directeur général) a toujours été la pire AG en termes de réception, sans réaction aucune de la direction sur scène. Celle de 2017 était particulièrement mouvementée, et je m'inquiétais pour les quelques militants qui étaient également venus pour poser des questions complémentaires de la mienne. Ils n'avaient pas l'habitude de ce genre d'exercice et étaient paniqués. J'ai fait le choix de m'écarter de ma question initiale, avec le consentement de Juan Mancias qui m'accompagnait, de manière à raconter son histoire. Il s'agissait de pointer le fait qu'ils refusaient de prendre deux minutes pour écouter son témoignage dans le calme, avant de leur parler chiffres et rendements, le seul langage qu'ils comprenaient. Le calme est finalement revenu et les militants qui m'accompagnaient ont pu intervenir sans protestation. Il a fallu encore des années de combat par Les Amis de la Terre pour que Société générale se retire des projets contestés par Juan.

À quoi servent ces interventions en AG au-delà de la sensibilisation des actionnaires présents ?

Plus que les actionnaires, c'est la direction que l'on peut interpeller directement afin de la forcer à répondre publiquement. Même une réponse en langue de bois est révélatrice et permet de prendre la température d'un sujet, en présence des médias. Il s'agit aussi d'une occasion de rendre visible un problème et de rappeler que, derrière la technicité des débats, il y a des gens impactés. Donner à voir et à penser à travers des histoires personnelles est hyperefficace pour intéresser les médias et mobiliser, gagner le soutien de la population. Et cela peut aussi susciter une réaction de la part des directions. Les directeurs généraux, membres du comex et autres hauts postes de direction se doutent bien que les activités qu'ils financent ne sont pas anodines, mais ils peuvent aisément chasser cette idée et ne pas chercher à en savoir plus et encore moins à y remédier. C'est trop confortable pour eux car rien ne les force à y penser. Notre travail consiste donc aussi à leur rappeler que, derrière les chiffres, il y a des vies. C'est pour cela que nous invitons régulièrement des personnes en première ligne des projets financés par les banques dans les assemblées générales qui sont un cadre idéal pour leur permettre d'avoir accès aux banques et nous les aidons à intervenir en AG. Ce type d'intervention peut être effectué de manière plus ou moins discrète. En 2017, j'avais beaucoup misé sur la communication, pensée au détail près avec mon collègue des Amis de la Terre. C'est l'année où Juan Mancias est venu. J'ai rapidement appris que mes partenaires d'Alternatiba organisaient la visite en Europe d'opposants au projet de pipeline, le DAPL, supposé relier les grandes plaines du Dakota à l'Illinois *via* la réserve indienne sioux de Standing Rock. Avant même de penser à des activités communes pour leur venue à Paris, j'ai saisi l'opportunité de leur déplacement pour élargir l'angle de la communication. Il ne s'agissait plus seulement d'un cas isolé, d'une lutte menée par Juan contre trois projets de GNL alimentés en gaz de schiste. Il s'agissait alors de la résistance amérindienne, qui s'invitait aux AG des banques françaises pour alerter sur les ravages humains et environnementaux de toute l'industrie des énergies fossiles en Amérique du Nord, et pour appeler les banques, qui comptent parmi les premiers responsables, à agir. J'ai écrit un dossier de presse, porté par de nombreuses ONG, relatant tout cela et donnant rendez-vous aux journalistes pour des rencontres avec les représentants de ce combat. Juan demeurait le personnage central, d'une part parce qu'il est très charismatique et chef d'une tribu indienne, les Esto'k Gna, d'autre part, contrairement au DAPL, les trois projets de GNL pouvaient encore être arrêtés. Nous avons mis en scène son voyage vers la France, en publiant une semaine avant son arrivée une vidéo de lui. Sur fond d'images de luttes amérindiennes contre des projets d'énergies fossiles aux États-Unis et d'affrontements avec les forces de l'ordre, il annonçait sa venue et en appelait à la solidarité de la population française, habituée à lutter et qui a réussi à faire interdire la fracturation hydraulique sur son sol (la technique de production de gaz de schiste). La vidéo a très vite atteint le million de vues et les demandes d'interviews ont suivi. Je n'ai jamais eu autant de couvertures médiatiques pour la venue de représentants étrangers, y compris par des médias peu habitués à couvrir ces sujets, et le nombre d'articles reprenant le titre du dossier de presse "La résistance amérindienne s'invite aux AG des banques françaises" démontre que l'opération de communication a été un vrai succès. Cela a certainement contribué à obtenir, lors de l'AG de BNP Paribas, un engagement de son directeur général à se pencher sur ce dossier et à publier avant la fin de l'année des lignes directrices claires encadrant les financements de la banque au secteur.

POSER UN ULTIMATUM

Que faites-vous quand une banque refuse vos demandes, n'y répond pas ou est manifestement de mauvaise foi ? Pourquoi et comment intensifier le rapport de force ?

Notre principe est de ne jamais lâcher tant que notre demande n'a pas été satisfaite. Cela est indispensable pour montrer notre détermination et crédibiliser nos demandes présentes et à venir. Si nous abandonnons en cours de campagne, une banque peut considérer qu'il lui suffit de tenir un certain temps pour décourager et faire taire l'opposition. Quand une banque accepte une demande, il se peut qu'elle n'y réponde que dans une certaine mesure. Il s'agit alors de juger si cela est suffisant pour considérer l'objectif comme atteint ou si, au contraire, il nous faut poursuivre.

La campagne doit évoluer à la manière d'un processus d'escalade. C'est indispensable pour montrer notamment que la banque risque des pertes réputationnelles et opérationnelles de plus en plus lourdes. Quand un conflit est patent et visible, la banque s'interroge sur ce qui lui coûte le moins cher : refuser et tenter d'épuiser les militants ? Réduire l'opposition à une campagne larvée gérable sur la durée ? Ou accepter la demande et les bénéfices réputationnels de ces nouveaux engagements, mais perdre un marché ? De notre côté nous devons avoir fait le même calcul lors de l'élaboration de la campagne. Et une fois qu'elle est lancée, il faut amplifier les coûts liés à un refus d'obtempérer.

Intensifier le rapport de force implique d'avoir débuté la campagne *pianissimo* pour se garder des marges d'amplification. Il nous est arrivé de lancer une campagne *fortissimo* dès le refus d'une banque de satisfaire notre demande après un ultimatum, en occupant son centre des affaires, là où les transactions pour le CAC40 s'opèrent. L'action a impressionné la banque, mais il était difficile pour nous par la suite de monter en puissance. Il s'avère bien plus stratégique de préserver nos ressources et de ne pas utiliser plus de munitions que nécessaire à chaque temps de la campagne. D'autant que plusieurs batailles sont souvent menées de front.

À ce stade, la palette d'actions disponible pour augmenter le rapport de force est large et fait l'objet de manuels entiers sur la question, ma première lecture étant *Comment faire tomber un dictateur quand on est seul, tout petit et sans armes* de Srdja Popovic. Il est notamment possible d'escalader de deux manières à appliquer simultanément : faire des actions de plus en plus impactantes et médiatisées (d'abord devant une banque, puis dans une agence de détail, puis plusieurs, puis au siège, et enfin de manière simultanée sur tout le territoire) tout en élargissant le nombre et le type de soutiens ou d'acteurs impliqués dans la campagne, notamment d'autres ONG, d'autres figures ou institutions porteuses d'une autre légitimité (scientifiques, économistes ou politiques ; les clients, particuliers ou institutionnels, des partenaires, ou encore au sein des écoles où elle recrute).

Tu dis informer tes cibles avant le lancement d'une campagne pour leur permettre de répondre à ta demande à temps, n'est-ce pas du chantage ?

On peut le voir comme cela. Mais le chantage implique l'idée de divulguer des informations secrètes. Nous révélons certes des éléments inconnus du grand public mais en rien confidentiels. Lancer un ultimatum relève pour moi plutôt de la transparence et de la responsabilisation de nos cibles. Nous sommes dans notre rôle en dénonçant leurs pratiques néfastes ou en révélant leur greenwashing. À elles, une fois informées, de décider si elles veulent éviter cela en se mettant en conformité avec leurs engagements et plus largement avec des principes de justice sociale et environnementale et de respect des droits humains.

Peux-tu nous donner un exemple d'ultimatum ?

C'est notamment arrivé avec le Crédit agricole à un moment charnière : quelques mois avant la COP21. Nous faisions alors campagne pour l'arrêt des soutiens aux nouveaux projets de mines et de centrales à charbon et pour l'adoption de mesures concernant les entreprises du secteur. En mai, le Crédit agricole est devenu – par une annonce en assemblée générale – la première banque au monde à s'engager à ne plus financer de nouvelles mines de charbon et certaines entreprises productrices de charbon. Nous avons forcément salué la nouvelle et réfléchi à la bataille suivante : comment utiliser cette avancée significative pour aller en chercher une plus importante encore, qui nous rapprocherait de l'objectif final ? J'avais notamment en tête un mandat de conseil mené par le Crédit agricole pour la construction d'une nouvelle centrale à charbon, Plomin C, en Croatie. La banque jouait un rôle crucial : elle accompagnait l'entreprise dans le montage du financement du projet. J'hésitais mais j'ai fini par décider de lui lancer un ultimatum : se retirer du projet et annoncer un arrêt des soutiens aux nouvelles centrales à charbon, ou être visée par une campagne qui serait lancée début septembre.

Attaquer le Crédit agricole alors qu'il venait juste de renoncer aux mines à charbon à votre demande, n'était-ce pas prendre le risque de braquer tes interlocuteurs et de mettre fin au dialogue ?

En effet, ce n'était pas très loyal, d'autant que le Crédit agricole était alors la seule et donc la meilleure des grandes banques sur le charbon et le climat. J'aurais pu me détourner d'eux à ce moment-là pour pousser d'autres banques à renchérir en annonçant des mesures plus ambitieuses que ce qu'avait décidé le Crédit agricole. Mais les banques auraient pu s'en tenir seulement à adopter les mêmes mesures de manière à égaliser la situation. Plutôt que de prendre ce risque je préférais employer plus efficacement ce temps précieux d'avant la COP21 car je savais qu'il allait être beaucoup plus dur d'obtenir des avancées une fois l'événement passé. De plus, il me semblait que nous devions aller plus loin et ne pas nous limiter à l'arrêt du financement de nouvelles mines : le charbon, ce sont aussi des centrales, et arrêter de financer l'extraction pour continuer à financer les centrales eût été une fausse victoire. Au risque de ne pas paraître fair-play, nous avons donc préféré annoncer au Crédit agricole que nous lancions une nouvelle campagne. Cependant je leur ai donné deux mois pour répondre, le temps de l'été, et ils étaient parfaitement informés de ce qui les attendait.

Comment ça ? Quels étaient les termes de l'ultimatum ?

J'ai rédigé un rapport exposant les risques liés au projet de centrale et l'écart entre ses impacts et les engagements notamment environnementaux de la banque. Derrière l'analyse technique, l'angle d'attaque était "l'hypocrisie climatique du Crédit agricole[1]" qui était le titre du rapport. Il s'agissait de démontrer que la décision de retrait prise par la banque sur les mines de charbon découlait avant tout d'un coup de communication destiné à faire valoir l'action climatique de la banque en amont de la COP21, et non d'une volonté sincère et durable d'agir pour le climat. Autrement dit, "pour être pris au sérieux, le Crédit agricole doit aussi arrêter les centrales à charbon".

Chose rare, je leur ai envoyé l'intégralité du rapport avant l'été, avec la lettre leur indiquant le lancement de la campagne en cas d'absence d'engagement de la banque avant le 9 septembre. Le marché était très clair : le rapport pouvait partir à la poubelle et n'être jamais publié, ou bien l'être et marquer le lancement d'une campagne. Le choix revenait au Crédit agricole.

L'ultimatum a-t-il fonctionné ?

Non, et le 10 septembre, nous avons dû débarquer dans l'agence Crédit agricole du boulevard de Sébastopol, en maillot de bain, avec tout l'équipement de plage, pour une action humoristique destinée à interpeller les clients. L'ambiance plage faisait écho à la réputation de la Croatie, l'une des destinations touristiques

1. "Throwing Fuel on the Fire: GFANZ Financing of Fossil Fuel Expansion", Reclaim Finance, 2023.

préférées des Français. Hasard du calendrier pour la banque, ce même jour, la France a annoncé le matin même l'arrêt de ses soutiens publics au charbon, à travers l'agence de crédit à l'exportation. Du reste, c'était l'aboutissement d'une autre bataille que nous menions depuis l'automne 2013. Cette annonce, une première au niveau international, m'a valu d'être interviewée par de nombreux journalistes, y compris du *Financial Times*, et j'en ai profité pour évoquer le dossier du Crédit agricole. Ce fut clairement une mauvaise journée pour la banque qui a dû se fendre d'un communiqué de presse public. Elle justifiait bien entendu son soutien au projet en minimisant son impact, mais elle terminait son message en déclarant être dans un processus de réflexion concernant la position de la banque quant au financement de nouvelles centrales à charbon. Bingo ou presque !

OUVRIR UN PONT D'OR

Quelle suite as-tu donnée pour obtenir un réel engagement de leur part à ne plus financer les nouveaux projets de centrales à charbon ?

Je leur ai offert un pont d'or, autrement dit, une porte de sortie honorable qui leur permette de garder la face et même de retourner l'annonce à leur avantage. Si les médias avaient titré que la banque se retirait d'un projet sous pression des ONG, celle-ci aurait perdu sur plusieurs tableaux. En plus de la priver d'opportunités d'affaires futures, cette communication lui aurait coûté cher en termes de réputation, ce qui peut aussi se répercuter financièrement. Les militants et autres observateurs auraient retenu que la banque s'est impliquée sciemment dans une production très polluante et qu'elle le serait encore s'il n'y avait pas eu de mobilisation des ONG. Et à l'inverse, les entreprises actives dans des secteurs controversés auraient retenu qu'elle ne sait pas résister aux pressions extérieures et, par anticipation, auraient peut-être privilégié d'autres partenaires bancaires.

Accabler une banque en cas de victoire peut aussi desservir les ONG en augmentant la réticence d'autres acteurs financiers à suivre le mouvement et en dissuadant cette banque de prendre à l'avenir de nouveaux engagements. Néanmoins, il est parfois nécessaire pour les associations de crier victoire, notamment lorsque des centaines de personnes se sont mobilisées et qu'il est impératif de leur être reconnaissant publiquement. Mais alors il faut choisir précautionneusement le vocabulaire. Donner un sentiment d'humiliation à sa cible n'est jamais une bonne idée.

Dans le cas présent, j'ai donc choisi de proposer un pont d'or. J'ai profité de la Climate Week, un événement organisé annuellement à New York, qui réunit de nombreuses institutions, dont les banques. Certaines s'en saisissent pour faire des annonces, comme le Crédit agricole qui avait en 2014 communiqué sur ses financements aux énergies renouvelables. Je leur ai donc suggéré de profiter de l'édition 2015 pour faire de nouvelles annonces, cette fois sur les centrales à charbon, parmi d'autres mesures, comme sur les énergies renouvelables pour ne pas apparaître comme répondant à notre campagne. Mais ce pont d'or était assorti d'un nouvel ultimatum selon lequel en cas d'absence d'engagement une fois la semaine écoulée, nous ferions des actions non plus dans une seule agence parisienne mais dans plusieurs agences en France.

Avez-vous alors obtenu gain de cause ?

Oui, le Crédit agricole a fini par prendre l'engagement d'arrêter les centrales à charbon dans les pays développés. Cela suffisait pour exclure le financement de Plomin C et de centaines de nouveaux projets, mais il restait un sérieux bémol : la banque pourrait toujours financer de nouvelles centrales à charbon dans les autres pays. Le risque était que les autres banques s'alignent sur cette politique et évitent de prendre des engagements sur la majorité des nouveaux projets sur la table. C'est ce qui est arrivé. La BNP Paribas et la Société générale se sont alignées sur les mesures du Crédit agricole concernant les nouveaux projets – Natixis étant la seule à les arrêter tous – et cette faille a été par la suite exploitée par de nombreux autres acteurs financiers au niveau international. Mais il aurait été impossible de contraindre plus le Crédit agricole et la fenêtre de tir pour obtenir des avancées de la part des autres banques avant la COP21 allait bientôt se fermer. Nous devions donc faire jouer la concurrence dans des délais très serrés pour verrouiller le plus d'engagements possibles. Ce fut un carton plein fin 2015 avec des engagements des quatre établissements. Il m'a ensuite fallu environ un an pour supprimer cette exception des pays en développement de leurs politiques et mettre ainsi un terme à tous les financements directs de nouveaux projets charbonniers par les acteurs français.

LOCALISER LES FAILLES ET FERMER LES ÉCHAPPATOIRES

À la fin de cette période, fin 2016-début 2017, les banques françaises ne finançaient donc ni nouvelles mines, ni nouvelles centrales à charbon ?

Oui, elles ne soutenaient plus directement de nouveaux projets de mines, de centrales, ni d'infrastructures de transport liées au charbon. Mais le mot important est "directement", qui fait référence aux financements dédiés à des projets spécifiques et qui ne représentent qu'une petite partie de l'ensemble des financements fossiles : plus de

90 % des soutiens ne sont pas "directement" attribués aux projets, mais plus largement aux entreprises qui les mènent, à travers des prêts ou *via* la structuration d'émissions de titres obligataires sur les marchés financiers. Ces derniers permettent aux entreprises de contracter une dette non plus auprès des banques mais auprès des investisseurs. Quand bien même ces titres n'apparaîtraient pas au bilan des banques, elles jouent un rôle d'intermédiaires qui les place au cœur du dispositif de financement. Dans les deux cas – financement direct ou indirect –, ce sont elles qui détiennent les clés de l'accès aux capitaux.

Dans le cadre de ces soutiens indirects ou *corporates*, l'utilisation des fonds est laissée à la discrétion des entreprises. Par défaut, un prêt général servira donc l'intégralité des investissements et autres activités de l'entreprise. Les banques vont souvent exploiter cette absence de cadre pour tenter de faire oublier leur responsabilité dans le développement d'une activité particulièrement controversée. Elles vont par exemple prétendre financer une entreprise pour l'aider dans sa transition écologique et le développement d'activités autres que celles controversées. Ce type de procédé a émergé dans le domaine du charbon, avant d'être répété à l'envi par les banques dans les secteurs du pétrole et du gaz. Le Crédit agricole a par exemple longtemps défendu son soutien à une entreprise canadienne spécialisée dans le transport de pétrole et de gaz en Amérique du

Nord appelée Enbridge, au nom de ses activités dans les renouvelables. La production d'électricité renouvelable ne représentait pourtant que 1 % de son résultat opérationnel en 2023, une goutte d'eau par rapport à ses activités dans les hydrocarbures. Active en Amérique du Nord, Enbridge contribue à travers ses activités à l'expansion des secteurs pétroliers et gaziers les plus polluants et nocifs – les hydrocarbures de schiste et les sables bitumineux. Le bilan de l'entreprise en matière de violations des droits humains et de pollution des sols et des cours d'eau est aussi extrêmement lourd. Enbridge, qui était notamment impliquée dans le développement du Dakota Access Pipeline – lequel a donné lieu à la résistance de Standing Rock –, poursuit aujourd'hui le développement du Rio Bravo Pipeline, un projet de gazoduc visant à alimenter en gaz le terminal de liquéfaction et d'exportation de gaz Rio Grande LNG, un projet que Crédit agricole refuse de financer.

Comment les banques peuvent-elles assumer de telles contradictions ?

Elles jouent sur la méconnaissance des chiffres et des ordres de grandeur, et des mécanismes financiers. Prenons un premier exemple : la centrale à charbon de Datteln 4 entrée en service en Allemagne en 2020. La construction de cette centrale n'a été soutenue par aucun financement direct de projet. Aucune banque française n'était assez folle ni pour financer directement une centrale à charbon flambant neuve, cinq ans après l'Accord de Paris, en plein cœur de l'Union européenne, ni pour accoler son logo et son image à cette aberration écologique et climatique. Publiquement, elles se démarquaient en rappelant avoir arrêté de financer, déjà depuis plusieurs années, les nouveaux projets de centrales à charbon. Pourtant, certaines ont bel et bien contribué à financer et rendre ce projet possible en accordant des soutiens financiers à l'entreprise qui le portait, Uniper. Mais les médias et les parties prenantes qui les interrogeaient ne maîtrisent pas ces mécanismes financiers.

Le cas de TotalEnergies offre un deuxième exemple. Cette entreprise est une de celles qui développent le plus de nouveaux champs pétroliers et gaziers au monde. Mais elle s'implique aussi dans des activités hors des énergies fossiles, relativement conséquentes par rapport à celles des autres majors pétrolières et gazières et dont l'existence suffit à entretenir l'illusion d'une entreprise en transition, aidée dans cette transformation par les banques françaises. En réalité, ces activités hors énergies fossiles ne captent qu'une minorité de ses dépenses d'investissement. En conséquence, 72 % des 7,1 milliards de dollars accordés par les quatre grandes banques françaises à TotalEnergies entre 2020 et 2023 sont allés à ses activités fossiles. Ce pourcentage devrait baisser à l'avenir puisque TotalEnergies entend allouer 33 % de ses investissements au bas-carbone d'ici 2030, sans pour autant changer la donne. Autrement dit, factuellement, TotalEnergies reste une entreprise pétro-gazière et les banques qui la financent aggravent le dérèglement climatique.

Outre cette feinte qui consiste à arrêter de financer les projets pour mieux continuer de financer les entreprises qui les portent, as-tu été confrontée à d'autres types de contournements des engagements ?

Oui, les cas sont nombreux. Une fois qu'une banque a pris des engagements, notre travail est justement de les confronter aux pratiques de financement qui ont cours de manière à identifier ces subterfuges et pouvoir les dénoncer et tenter d'y remédier. Prenons l'exemple de la BNP Paribas. Elle s'était engagée à arrêter de financer les entreprises productrices d'électricité à partir de charbon à moins qu'elles n'aient une stratégie de diversification permettant la réduction de la part du charbon dans la génération d'électricité. À la première lecture, on était en mesure de penser que l'objectif visé était bien une diminution en valeur absolue des activités dans le charbon par ces entreprises. Cela aurait été cohérent avec les recommandations scientifiques sur le climat. Mais nos analyses ont révélé que ce n'était pas le cas. BNP Paribas avait une application littérale de la politique. Elle visait seulement la réduction *relative* du charbon dans la production d'électricité totale, mais pas en valeur absolue : une entreprise qui augmentait ses volumes de production d'électricité à partir de charbon – y compris à travers la construction de nouvelles centrales à charbon – pouvait toujours recevoir des soutiens de BNP Paribas, tant qu'elle développait davantage sa production d'électricité à partir de gaz ou d'énergies renouvelables. Autrement dit, la politique charbon de BNP Paribas, prétendument adoptée pour lutter contre le dérèglement climatique, permettait à la banque de financer plus de charbon et donc plus de gaz à effet de serre.

Les médias décryptent-ils cette communication trompeuse ?

Non et il n'est pas rare de voir un média couvrir de manière approximative l'actualité des acteurs financiers, en relayant leur communication sans la questionner. Ils ne sont pas formés pour la comprendre. C'est ce qui s'est passé lorsque BlackRock, l'un des plus importants gestionnaires d'actifs au monde, a adopté une politique sur le charbon en janvier 2020. Certains médias ont alors titré : "BlackRock sort du charbon". C'était faux, la politique annoncée ne couvrait en réalité qu'une partie de cette industrie, les mines et non les centrales ou autres infrastructures. Et de nombreux producteurs de charbon échappaient aux mesures adoptées qui ne s'appliquaient par ailleurs qu'à une petite fraction des actifs gérés par BlackRock.

Ce genre de situation m'a poussée à créer avec Reclaim Finance des outils destinés à rendre ces diagnostics plus simples, clairs et comparables. Ils traquent, compilent et évaluent en détail des centaines de politiques adoptées par les acteurs financiers sur les différents pans du secteur énergétique. La précision de leur analyse qualitative est complétée par une notation dont la gradation passe, du pire au meilleur, par rouge, orange, jaune et vert. D'un simple coup d'œil, on s'aperçoit que BlackRock affiche du rouge pour tous nos critères, très loin des meilleures pratiques, en vert. C'est aussi cela le rôle de notre ONG : fournir les clés de compréhension et d'analyse comparative à toutes les parties prenantes, à commencer par les médias, de manière à garantir des débats intègres, fondés sur les faits.

Les acteurs de la finance exploitent la moindre faille pour contourner leurs engagements sans paraître se renier, on l'a vu, mais ils se parent aussi de discours écologiques parfois exagérés ou trompeurs. Comment mesurer l'écart entre le discours et la réalité ?

En commençant toujours par les fondamentaux : définir les termes du débat, avant même de se pencher sur les modalités de financement. L'Arctique offre une illustration parfaite. Publiquement, beaucoup de voix s'entendent sur l'importance de protéger cette zone critique, riche en biodiversité et qui joue le rôle de climatiseur de la planète. Parmi elles, celles d'Emmanuel Macron, qui a dit que participer à la fonte des glaces de l'Arctique "nous tuerait[1]", et des banques françaises qui ont pris l'engagement de ne plus financer certains projets dans cette zone. À partir de 2018, j'ai réalisé l'ampleur de la désinformation : alors que je lisais la politique pétrole et gaz de BNP Paribas, à côté du mot Arctique j'ai découvert une petite note de bas de page qui renvoyait à une définition de l'Arctique. J'ai immédiatement supposé qu'un risque existait : que chaque banque adapte cette définition selon la zone où elle est exposée. Je suis alors allée lire la politique du Crédit agricole et sa définition de l'Arctique était en effet différente de celle de BNP Paribas. J'ai continué à lire les textes d'autres banques et à découvrir une multitude de définitions différentes, quand certaines banques ne se donnaient pas même la peine d'en fournir une. À la suite de cette découverte, il nous a fallu plus de deux ans pour vérifier mon hypothèse

1. www.lemonde.fr/politique/article/2019/08/26/sous-la-pression-ecologiste-emmanuel-macron-repasse-au-vert_5502921_823448.html

et prouver qu'elles adoptaient bien des définitions adaptées à leur exposition géographique de manière à minimiser l'impact financier de leurs engagements tout en se donnant l'image de banques impliquées dans la protection de l'Arctique. Pour arriver à cette conclusion, Reclaim Finance a dû acquérir les informations géographiques de chaque projet fossile déjà en opération, en construction ou prévu dans un avenir plus ou moins proche, situé dans le périmètre correspondant à la définition la plus large de l'Arctique. Puis j'ai demandé à un cartographe de coller sur une carte ces projets ainsi que l'ensemble des définitions utilisées par les banques. Cette carte a montré que chacune définissait l'Arctique selon l'endroit où se situaient le ou les projets de ses clients, afin qu'ils soient hors de la zone. Autrement dit, la carte révélait une réalité à mille lieues des grands discours.

S'INFORMER ENCORE ET TOUJOURS

Cet épisode arctique montre à quel point l'information est un socle essentiel aux démarches des ONG. La fiabilité et la précision des données recueillies sont cruciales.

En effet, pour l'Arctique, il nous a fallu nous faire notre propre avis sur les définitions existantes provenant d'institutions publiques et de recherche, afin d'en sélectionner une et de pouvoir défendre ce choix. Ce travail s'impose pour toutes nos campagnes : il faut choisir son sujet, le délimiter et l'appréhender dans ses différents aspects afin d'établir des recommandations spécifiques. Au début de mon parcours, c'est précisément ce qui me manquait pour être en mesure de formuler des demandes précises à l'attention des banques concernant le secteur du charbon. Il était évident de demander un arrêt des financements aux nouveaux projets de mines et centrales à charbon. Mais je ne pouvais être aussi catégorique concernant les financements aux entreprises du secteur : définir des critères spécifiques adaptés à la composition du secteur et aux différents profils des entreprises était hors de ma portée et hors de celle des ONG. Inversement, je ne pouvais pas non plus juger précisément les premières mesures adoptées par les banques françaises en 2015 pour restreindre leurs soutiens aux producteurs de charbon. Je savais que des entreprises significatives échappaient à leurs politiques, mais j'ignorais dans quelle mesure et avec quel impact. C'est pour cela que j'ai suivi de très près le travail d'une ONG allemande, Urgewald, visant à créer une base de données open source sur l'industrie du charbon.

Peux-tu nous en dire plus ? Pourquoi Urgewald s'est lancée dans ce travail inhabituel pour une ONG ?

J'ai fait la connaissance de Heffa Schücking, fondatrice et directrice de l'ONG allemande Urgewald[1], également lauréate du prix Goldman en 1994, à l'occasion d'une réunion chez elle en Allemagne en janvier 2016 avec un petit groupe de militants et représentants d'ONG. Cette rencontre fut cruciale pour la suite de mon parcours. Non seulement en raison de ses débouchés, mais aussi parce que Heffa est devenue une amie et une de mes plus proches collègues. Nous avons passé des heures à échanger, tester nos méthodes et construire des campagnes qui dépassent nos seules organisations. Elle fait partie des rares personnes à m'avoir toujours soutenue et encouragée dans la création de Reclaim Finance.

L'objectif de la réunion était l'établissement de critères d'exclusion du secteur du charbon en vue de les promouvoir par la suite auprès des acteurs financiers. Nous avions comme base de discussion le travail de recherche titanesque effectué par Urgewald visant à établir un répertoire et une base de données à destination des acteurs financiers pour leur permettre d'identifier et de piloter leur exposition au charbon. L'association s'était engagée dans cette démarche à la suite d'une confrontation avec le fonds souverain

1. www.urgewald.org/who-we-are-what-we-do

norvégien – le plus grand fonds de pension du monde. Ce dernier contestait la campagne des ONG en prétendant qu'il avait une exposition relativement faible au secteur du charbon. Or, les calculs d'Urgewald aboutissaient à une exposition bien plus importante. Les deux parties utilisant les mêmes données, Urgewald a compris que le problème était ailleurs : le fonds de pension n'avait en réalité aucune idée ni définition juste de ce qu'était une entreprise du secteur du charbon. Il utilisait des classifications internationales inadaptées qui n'identifiaient pas comme entreprises charbonnières de nombreuses sociétés pourtant actives dans l'extraction, le transport ou la production d'électricité à partir de charbon. Par exemple, si les producteurs tirant la majorité de leurs chiffres d'affaires du charbon étaient considérés comme appartenant au secteur, une entreprise plus diversifiée était souvent classifiée dans un autre secteur. L'entreprise pétrolière vietnamienne PetroVietnam est un bon exemple : elle n'était pas listée comme produisant de l'électricité à partir de charbon, alors que c'était le cas. Les producteurs d'électricité à partir de charbon étaient classés indistinctement avec ceux utilisant du gaz ou des énergies renouvelables. En somme, les outils de classification du secteur financier ne permettaient pas à l'époque d'apporter une réponse précise à la question "quelle entreprise appartient au secteur du charbon dans notre société ?".

À partir de ce constat, Urgewald s'est donc lancée dans ce travail colossal de classification visant à la création de la *Global Coal Exit List*, qui rassemble toutes les informations nécessaires aux acteurs financiers pour gérer les risques liés à leur exposition au secteur et leur éviter de soutenir des entreprises incompatibles avec un engagement climatique. Parmi ces données on trouve notamment la part du charbon en proportion de la production et du chiffre d'affaires, mais aussi les montants en valeur absolue de leur exposition au secteur ainsi que les projets qu'ils construisent ou planifient, les pays où ils sont actifs ou prévoient de l'être. Cette base de données liste aussi et surtout les filiales à couvrir pour éviter les angles morts ou encore les identifiants de ces entreprises pour les retrouver facilement dans les systèmes informatiques des acteurs financiers. Aujourd'hui cette liste comprend plus de mille cinq cents entreprises actives tout au long de la chaîne de valeur et elle est mise à jour tous les ans. Devant son succès, Urgewald s'est par la suite lancée dans son équivalent pour le secteur pétrolier et gazier, et ne cesse de les renforcer, ce qui nécessite aujourd'hui une équipe de recherche de plus d'une trentaine de personnes.

C'est à partir de cette base de données que nous avons pu appréhender avec plus de finesse le secteur du charbon dans sa globalité, comprendre les différents profils et ce que chacun pesait et ainsi identifier un jeu de mesures à recommander à tout acteur financier désireux de se doter d'une politique réaliste mais impactante sur le charbon. Après quelques jours de discussions, nous avons retenu trois critères permettant d'identifier les entreprises à exclure de tous services financiers. Nos critères se sont peu à peu imposés dans des dizaines de politiques de banques, assureurs et investisseurs, sans retour en arrière. Cette base de données nous a donc fourni des informations indispensables pour construire mais aussi gagner nos campagnes.

Concrètement, comment avez-vous utilisé cette liste ?

Quelques semaines après cette réunion dans les bureaux d'Urgewald, j'ai réalisé pour Les Amis de la Terre France la première étude analysant la politique d'un acteur financier, BNP Paribas, à l'aune de nos critères sur le charbon. Puis la *Global Coal Exit List* est devenue ma nouvelle bible dès sa publication à l'automne 2016 ; à chaque annonce que faisait une banque, je l'ouvrais sur mon ordinateur et je pouvais mesurer la valeur d'une politique, la quantifier, évaluer son impact, avec des chiffres concrets, et dire : "Voilà ce que ça vaut." Les banques pouvaient raconter ce qu'elles voulaient à tous les médias, nous étions capables de juger leur politique, chiffres à l'appui. Par exemple, de nombreux acteurs financiers se cantonnaient à exclure les entreprises qui faisaient plus de 30 ou 50 % de leur chiffre d'affaires dans le charbon. Or, cette liste nous a permis de montrer les limites de ces engagements : nous pouvions comptabiliser précisément le nombre de nouvelles centrales prévues dont ils ne pourraient empêcher le développement car elles étaient portées par des entreprises générant moins de 30 à 50 % de leur chiffre d'affaires grâce au charbon. Encore aujourd'hui, 289 entreprises qui tirent moins de 20 % de leurs revenus du charbon prévoient de nouveaux projets dans ce secteur.

Cette année-là, j'ai consacré beaucoup de temps à la diffusion de la *Global Coal Exit List*, de manière à l'imposer comme liste de référence auprès des acteurs financiers et des autorités. Ma stratégie d'ambassadrice a consisté à mettre Heffa en avant et à positionner son ONG, Urgewald, en France comme une association d'experts. Je l'ai invitée à participer à de multiples rendez-vous avec les représentants de la place financière de Paris. Alors que j'avais une casquette de militante venue armée de ses revendications, Heffa jouait le rôle de technicienne. Politiquement ça a très bien marché ! J'ai assuré la présence de Heffa au One Planet Summit organisé par Emmanuel Macron en 2017 afin qu'elle puisse présenter la *Global Coal Exit List* lors d'un panel. Une petite victoire alors que la parole est rarement donnée aux ONG dans ces grandes kermesses bien policées.

S'EFFACER AU PROFIT D'UN MESSAGER

Pourquoi avoir fait ce travail de mise en lumière d'Urgewald alors que vous auriez pu simplement utiliser les informations produites par cette association allemande sans qu'elle n'intervienne elle-même ?

Certains messages sont mieux accueillis venant d'autres interlocuteurs que s'ils viennent de nous. Les scientifiques du Giec sont par exemple plus légitimes que nous pour rappeler l'urgence de réduire les émissions et appuyer les conclusions concernant le fait que tout nouveau projet émetteur de gaz à effet de serre entrave nos chances de limiter le réchauffement à 1,5 °C et que ceux dans les énergies fossiles sont particulièrement incompatibles avec cet objectif. L'AIE l'est aussi plus que nous pour convaincre de la possibilité de stopper l'expansion fossile sans compromettre les besoins énergétiques, ou du fait que la meilleure réponse aux crises traversées ces dernières années (guerre en Ukraine, inflation) est de mettre en place des mesures de sobriété et d'investir massivement dans les énergies renouvelables et l'efficacité énergétique. Nous convoquons constamment les sources les plus légitimes et facilitons aussi l'envoi de messages, notamment à travers des courriers ou tribunes dans la presse, signés par elles, à nos cibles. Par ailleurs lorsque tous ces messages arrivent aux banques *via* de multiples réseaux, ils finissent par être mieux pris en compte. L'effet répétition joue dans la formation des convictions.

DÉSOBÉIR : L'ACTION NON-VIOLENTE

Lorsque toutes ces méthodes, ces outils, ne permettent pas d'avoir gain de cause, jusqu'où peut aller le rapport de force ? Quelle place accordes-tu à la désobéissance et à l'action non-violente ?

Désobéir peut prendre des formes variées, avec des degrés de radicalité et de confrontation très différents. L'action directe est certainement la plus radicale et conflictuelle dans son rapport aux institutions, mais elle n'est pas nécessairement violente ni spectaculaire dans ses modalités d'action. S'il ne faut pas confondre radicalité et violence, la frontière entre la violence et la non-violence est aussi toujours très floue. Pour m'en tenir au répertoire de l'action dite "non-violente" que j'ai le plus pratiquée, même des actions très bon enfant, qui manient l'humour, peuvent être violentes pour ceux et celles qui les subissent. Lors d'une occupation de bureaux par exemple, l'agent de sécurité qui n'est pas parvenu à empêcher des gens d'entrer va craindre pour son poste. Certains membres du personnel peuvent aussi très mal vivre une intrusion dans leur lieu de travail. L'étiquette “non-violente” tient davantage aux grands principes que ses protagonistes s’engagent à respecter : consensus d’action ; maîtrise des risques juridiques ; présence de personnes formées pour expliquer l’action aux représentants de la cible ; désescalader toute tension naissante et au contraire rassurer en informant sur ce qui va se passer, etc.

Si je n’ai pas de recette à donner pour la réussite d’une action de désobéissance, j’ai toutefois le sentiment que certains grands principes doivent être respectés. Il est notamment important de maîtriser son tempo et de bien articuler l’action non-violente avec les autres temps et activités d’une campagne. Il est bon d’aller crescendo, toujours vers une amplification du rapport de force et de ménager ses ressources, que ce soient le temps ou le nombre de personnes à mobiliser, pour en allouer un montant proportionné à l’objectif recherché. Il faut aussi anticiper les réactions que cela va susciter pour s’assurer de rester maître de la communication et que l’action atteigne son but.

Pour moi, une action de désobéissance est réussie si elle pousse ses spectateurs à interroger les structures en place et la situation dénoncée. Cela peut sembler contradictoire mais l’action doit être source de réflexion. Quand Bizi !, l’association basque affiliée aux Amis de la Terre France dont nous avons déjà parlé, le lendemain du scandale Swiss Leaks, a débarqué chez HSBC pour emmener quelques chaises de la banque, elle a initié un large mouvement de perquisitions de chaises. Celui-ci visait à rappeler que l'argent pour le climat et les services sociaux existe, mais se trouve dans les paradis fiscaux. Immédiatement poursuivie par la police, Bizi ! a mis en scène cette incohérence : des forces de l'ordre sont mobilisées pour retrouver une poignée de chaises sans valeur, alors que la HSBC, malgré son rôle dans l'évasion de milliards, n'est pas inquiétée. Ce qui est légal n'est pas forcément légitime, voilà l'essence de la désobéissance civile et il est possible d'incarner cela à travers l'action non-violente.

L'action "Retour à l'envoyeur", menée par Bizi ! lors de notre campagne contre le soutien de la Société générale au projet Alpha Coal en Australie (le déversement de charbon au siège de la Société générale évoqué plus haut), illustre bien ce type de démarche. L'association avait annoncé que si la banque ne s'engageait pas avant une certaine date à se retirer du projet, elle verserait 1,8 tonne de charbon devant leur siège à Bayonne. Ce chiffre a été choisi en référence au montant des émissions du projet australien : il devait contribuer à émettre au cours de sa durée de vie (trente ans) 1,8 milliard de tonnes de CO_2. Un *crowdfunding* a permis d'acheter le charbon. Ce financement participatif a montré également à la banque qu'énormément de gens s'impliquaient concrètement avec nous :

“Aidez-nous à financer une action illégale mais nécessaire”, annonçait en légende la vidéo de *crowdfunding*.

Je me souviens aussi d'une immense banderole à la tour Eiffel.

Il s'agissait d'une action plus classique qui s'est déroulée en 2016, quelques mois après l'adoption de l'Accord de Paris. L'une de mes priorités était alors d'en finir avec les financements directs que les banques françaises pouvaient encore octroyer à de nouvelles centrales à charbon dans les pays en développement, comme évoqué plus haut. Le Crédit agricole et la Société générale étaient alors directement impliqués dans des projets de nouvelles centrales en Indonésie dont il était encore temps d'empêcher le financement. J'ai coordonné une action à la tour Eiffel, symbole de l'Accord de Paris sur le climat. Il s'agissait de lâcher une banderole du premier étage de la tour Eiffel. C'était assez technique : la banderole mesurait une trentaine de mètres – je n'en ai jamais peint d'aussi grande ! – et il fallait la déployer de l'intérieur de la Tour et donc passer le contrôle de sécurité avec tout le matériel nécessaire. Heureusement que j'étais accompagnée de militants hors pair, rompus à ce type d'exercice. Cette action, effectuée à cinq personnes seulement, a contribué à mettre le coup de pression qui manquait pour pousser les deux banques à annoncer peu de temps après qu'elles ne financeraient pas ces deux projets de centrale ni aucun autre, partout dans le monde.

CRÉER UN EFFET DOMINO

Quelle a été ta stratégie pour que les engagements obtenus en France essaiment ailleurs dans le monde ?

La mise en concurrence des acteurs marche aux niveaux national mais aussi international pour les plus gros. Pour cela il est indispensable d'imposer la norme à suivre à travers des cadres de référence et de travailler en réseau. De mon côté, je me suis impliquée directement dans plusieurs campagnes qui visaient des acteurs financiers non français – européens, japonais ou américains –, et particulièrement dans la campagne Europe Beyond Coal. Elle réunissait une cinquantaine d'ONG déterminées à pousser l'Europe à sortir du charbon. Je coordonnais aussi la campagne Unfriend Coal (aujourd'hui nommée Insure Our Future) en Europe qui visait les grandes sociétés d'assurances et de réassurances pour les contraindre à ne plus assurer l'expansion du charbon. Il s'agissait de soutenir et de coordonner les actions de plusieurs ONG directement impliquées, ou de pallier l'absence d'associations mobilisées sur ce sujet dans certains pays en y faisant campagne directement.

Pour Unfriend Coal, une de mes premières actions a consisté à écrire un rapport exposant la responsabilité des grands noms de l'assurance dans les méfaits de l'industrie du charbon en Pologne[1]. Nous avons découvert que les plus gros assureurs du charbon en Pologne étaient l'allemand Allianz et l'italien Generali. Or la pollution de l'air provoquée par les centrales à charbon n'impactait pas seulement la santé des populations polonaises, mais aussi – en raison des vents – les autres pays européens, à commencer par les Allemands et les Italiens ! Ces deux assureurs qui vendaient notamment des assurances-vie intoxiquaient les populations qu'ils prétendaient protéger. Une situation qui illustrait crûment à la fois la schizophrénie de certains acteurs et une forme de rapacité financière. Avant cela les assureurs avaient plutôt bonne presse, ils étaient vus comme des gestionnaires du risque, prenant soin des assurés, protégeant la société. Notre rapport a mis à mal cette image et le risque réputationnel était d'autant plus important que personne jusque-là ne les avait attaqués comme nous l'avons fait. Cela a provoqué un effet domino et tous les grands assureurs européens ont, en quelques mois, adopté les politiques que nous avions fait valoir en France.

1. www.amisdelaterre.org/wp-content/uploads/2018/02/dirty-businesvf.pdf

Cet effet domino donne un impact considérable à vos actions. Mais ce sont les États qui devraient l'obtenir. Visiblement ils ne jouent toujours pas leur rôle.

L'État est volontairement aux abonnés absents, moins par manque de courage qu'en raison des intérêts qu'il défend. Contrairement à l'idée que s'en font certains, y compris dans le milieu militant, l'État n'est pas une entité abstraite, opérant pour la défense de l'intérêt général à travers des personnes dénuées de tout intérêt personnel. L'État est incarné et c'est bien notre problème : ceux et celles qui composent nos institutions partagent des intérêts communs à ceux de la bourgeoisie et *a fortiori* de la haute bourgeoisie et des milieux financiers et économiques. Ils appartiennent au même monde et font la politique qu'ils connaissent et qui protège leurs affaires. Cette connivence s'illustre dans des trajectoires personnelles bien connues. Emmanuel Macron est un produit de Rothschild et les conseillers ministériels et les hauts fonctionnaires monnaient leurs services dans les milieux financiers. Un exemple : Jean-Jacques Barbéris, après avoir été le conseiller aux affaires économiques et financières du président François Hollande – qui prétendait vouloir réduire l'emprise de la finance sur nos vies –, est devenu l'un des décideurs les plus haut placés chez Amundi (premier gérant d'actifs européen). Pour faire gagner l'intérêt de la majorité, les arguments moraux ne suffisent pas. Il faut contraindre et non convaincre.

*Dans ce contexte politique, comment parvenir à changer les règles afin que toutes les avancées obtenues, au fil des campagnes successives, ne dépendent plus seulement d'un réseau d'*ONG *mais soient bel et bien gravées dans le marbre des lois et que leur application soit garantie par les autorités ?*

En effet, en l'absence de réglementation officielle suffisante, l'autocontrainte prévaut et les entreprises se contrôlent elles-mêmes. Donc si nous ne vérifions pas que les banques appliquent leurs engagements, personne ne le fait. En 2023, nous avons par exemple passé la politique charbon du Crédit agricole au crible et nous avons découvert quatre violations : quatre transactions qui n'auraient pas dû avoir lieu. Nous avons fait remonter cela à la banque pour corriger cette situation mais on ne pourra pas faire ce travail en permanence et pour toutes les entreprises, c'est trop lourd. Donc tactiquement, pour changer vraiment la manière dont la finance fonctionne, il faut faire en sorte que des réglementations soient adoptées et que les régulateurs (notamment l'Autorité des marchés financiers et l'Autorité de contrôle prudentiel et de résolution) aillent au-delà de leur rôle de gendarmes financiers pour contrôler aussi les engagements climatiques et les allégations environnementales des acteurs de la finance. Demain il faudrait qu'une banque puisse être sanctionnée si elle fait du greenwashing ou ne respecte pas ses engagements climatiques. Cette lutte s'impose de plus en plus à l'agenda des régulateurs mais n'est pas encore une réalité opérationnelle. Nous les interpellons donc régulièrement sur les pratiques mensongères des acteurs financiers et leur envoyons des cas documentés pour les forcer à intervenir. S'ils tardent ou n'agissent pas, ce sont eux que nous ciblerons demain à travers nos campagnes.

Mais l'État combattra-t-il la finance fossile sans y être acculé par les citoyens ?

S'attaquer au financement des énergies fossiles demanderait l'adoption de plans de transition robustes, prévoyant le démantèlement des infrastructures existantes et le financement du développement massif d'alternatives soutenables. Mais il faudrait commencer par interdire le financement de nouveaux projets d'énergies fossiles qui, à l'instar des champs d'hydrocarbures, des terminaux de gaz naturel liquéfié et des centrales à charbon, sont incompatibles avec le budget carbone encore disponible pour limiter le réchauffement à 1,5 °C. Cela semble impossible tant la finance apparaît comme intouchable. Mais le politique est le règne du possible et rien n'empêche l'État d'interdire certaines pratiques. C'est d'ailleurs ce qu'il fait régulièrement dans bien des domaines. Il va donc falloir le contraindre, et l'obliger à acter des mesures contraires aux intérêts de la finance présuppose de sacrément inverser le rapport de force. Notre mouvement monte en puissance mais on est très loin du grand soir. Même les partis de l'opposition tardent à investir ces questions-là.

Au sein de notre association, nous avons deux approches en parallèle. La première plutôt réactive : saisir les opportunités législatives pour influencer les réglementations, surtout au niveau européen. La seconde, qui nous occupe davantage, plus proactive, qui consiste à créer les conditions pour mettre au pas la finance fossile. Il s'agit d'armer intellectuellement la population, de pousser les régulateurs à jouer leur rôle de gendarmes, de mobiliser des soutiens auprès de parties prenantes qui pèsent, telles que les salariés, les entreprises, ou même certains acteurs financiers.

La bataille implique aussi de déconstruire certains mantras de la finance, de les rendre caducs. Pour prendre un exemple concret, les banques centrales se sont cachées pendant des années derrière la soi-disant "neutralité du marché" pour refuser de soumettre leur politique monétaire à des critères climatiques. Bien entendu, c'est un alibi. Faire le choix de la neutralité conduit au *statu quo* de la domination des multinationales et d'un modèle économique qui repose sur la surexploitation des ressources. C'est choisir un monde à 4 °C. Le principe de neutralité n'est pas seulement anachronique, il est incohérent venant de dirigeants qui prônent constamment la transition et la redirection des flux financiers. Nous avons donc bataillé pour qu'il disparaisse du vocabulaire des banquiers centraux désormais de plus en plus nombreux à reconnaître qu'il leur faut agir.

AGIR INDIVIDUELLEMENT : CHANGER DE BANQUE

Nous avons beaucoup évoqué l'action des associations et de ceux qui s'y investissent. Que peuvent faire les citoyens dans leur vie quotidienne pour s'opposer à la finance fossile ?

La première mesure est de s'informer et de parler à ses proches de l'impact de la finance sur nos vies. La seconde consiste à choisir une banque et un assureur, ainsi que des produits d'épargne et d'investissement parmi ceux les plus responsables. Pour les identifier, des sites existent comme change-de-banque.org ou l'application Rift. Le changement de banque est gratuit. Mais au-delà de l'aspect rébarbatif, cela peut s'avérer difficile si on a contracté un ou plusieurs crédits puisqu'il faudra trouver une banque désireuse de le ou les racheter, potentiellement à des conditions moins avantageuses. Si ce n'est pas possible, d'autres leviers d'action existent, notamment à travers l'épargne pour ceux et celles qui en ont.

Il faut néanmoins être conscient que si aligner ses pratiques de consommation avec ses valeurs est un acte important, il pèse peu dans la balance à moins d'avoir un patrimoine conséquent. Intégrer cet acte individuel à une dynamique collective contribue à politiser ce changement de pratiques et à avoir un impact financier amplifié. Communiquer sur son acte, que ce soit à l'attention du banquier quitté ou sur les réseaux sociaux pour inciter d'autres personnes à en faire de même, est extrêmement important.

L'argent étant partout, le changement de banque peut être opéré à plus grande échelle. Associations, collectivités territoriales, entreprises, fondations, universités, toutes les institutions ont une ou plusieurs relations avec le secteur financier. À Reclaim Finance, nous nous intéressons particulièrement à l'épargne salariale, un dispositif proposé par de nombreuses grandes entreprises à leurs salariés. Troisième produit d'épargne des Français avec 180 milliards d'euros, elle pourrait jouer un rôle essentiel dans le financement de la transition écologique. Pourtant, 84 % des fonds d'épargne salariale, et 70 % de ceux affichant des prétentions ESG (environnementales, sociales et de gouvernance), investissent aujourd'hui dans des entreprises développant de nouveaux projets de charbon, de pétrole et de gaz. Mobiliser les salariés sur cette question permet de lutter contre le greenwashing et pour la fin des financements à l'expansion fossile. Cela permet aussi de soutenir des dynamiques d'action collective en entreprises, qui pourraient servir de tremplin à de futures revendications et mobilisations en interne.

CONCLUSION

CULTURE DE LA RÉUSSITE

Le témoignage de Lucie Pinson et le regard qu'elle porte sur notre incapacité – en tant que citoyens, entreprises, organisations – à faire barrage aux plus grands pollueurs nous forcent à marquer une pause. Comme elle, avant d'agir, prenons le temps de voir la réalité en face, d'évaluer les forces mobilisées, notamment par l'industrie fossile. À l'occasion de la COP29 à Bakou en 2024, plus de 1 770 lobbyistes travaillant pour le secteur des combustibles fossiles étaient présents selon la coalition d'ONG Kick Big Polluters. Un chiffre qui ne représente que le sommet de l'iceberg puisqu'il compte uniquement les lobbyistes déclarés ou identifiés. Une forte montée en puissance si l'on se réfère à la COP27, deux ans plus tôt, où ils étaient "seulement" 636. Tous ces défenseurs du charbon, du pétrole et du gaz profitent de moyens financiers colossaux. Quatre ans après l'Accord de Paris, les cinq principaux groupes pétroliers et gaziers cotés en Bourse avaient déjà dépensé 1 milliard de dollars en lobbying et en relations publiques servant des objectifs contraires aux conclusions de la COP21.

Ces budgets sont consacrés au marketing fossile, à influencer les décideurs et aux actions juridiques (telles que les "procédures bâillons" destinées à intimider) entre autres. Ces moyens garantissent aux lobbyistes d'avoir en permanence un ou plusieurs coups d'avance dans bien des domaines : réglementation, communication, relations publiques, etc. Une puissance renforcée par la complicité des autorités, l'accueil bienveillant qu'elles réservent aux lobbyistes, notamment lors de conférences internationales. Pourtant en principe "les marchands d'armes ne sont pas conviés aux pourparlers de paix", rappelle Marta Schaaf, directrice du programme Justice climatique d'Amnesty International.

A contrario, les ONG environnementales sont souvent écartées de ces sommets, notamment *via* la restriction de leurs libertés de réunion et d'expression à l'occasion de ces grands-messes. Une entrave qui intervient dans un contexte de répression plus globale : les collectifs écologistes subissent partout en Europe des mesures incluant la surveillance, les assignations à résidence, la judiciarisation, la multiplication et le durcissement des condamnations. Avec la Grande-Bretagne et l'Allemagne, la France fait partie des pays les plus concernés par ce déni de démocratie. Dans l'Hexagone, "la répression est de plus en plus violente à l'égard des manifestations[1]", rappelle Michel Forst, rapporteur spécial de l'ONU sur les défenseurs de l'environnement. Or, cette gradation est liée aux demandes de plus en plus pressantes des militants qui dénoncent l'inaction climatique en visant les secteurs aux émissions de carbone élevées. "Les mobilisations les plus réprimées sont souvent celles qui interpellent des groupes d'intérêt, des entreprises ou des États qui ne tiennent pas leurs engagements[2]", selon Sylvie Ollitrault, directrice de recherche au CNRS en sciences politiques.

Dans cette situation, lutter contre la "culture de la défaite" que dénonce Lucie Pinson devient vital pour se hisser à la hauteur de ces mastodontes qui tiennent la dragée haute à nos démocraties européennes. Cela demande un changement drastique : au sein de nos entreprises, pour dépasser l'indignation de machine à café, le "petit geste écolo", le rapport RSE inconséquent, et pour remettre en question ce qui doit l'être avec détermination ; au sein de nos foyers, en s'engageant aux côtés des mouvements citoyens ; au sein des associations, pour évaluer plus souvent avec lucidité

1. "En Europe, sale temps pour les militants climat", Novethic, 13 juin 2023. www.novethic.fr/actualite/environnement/climat/isr-rse/les-mouvements-ecologistes-face-a-la-criminalisation-des-militants-151565.html
2. *Ibid.*

l'efficacité de tel ou tel programme, se fixer des objectifs réalistes et les atteindre. Les ONG voient parfois cette culture du résultat comme l'apanage déshumanisé de certaines grandes entreprises. Il est vrai qu'elle n'est pas toujours compatible avec les priorités de nombreux bénévoles : faire des rencontres, vivre des émotions fortes, être entourés d'adhérents en phase avec leurs convictions, exprimer leur révolte. Si certains projets associatifs répondent à ces attentes tout en atteignant leurs objectifs, d'autres nécessitent une professionnalisation, une rigueur absolue et beaucoup de travail pour aboutir.

Lucie Pinson incarne cette recherche d'efficacité. Outre les campagnes millimétrées de son association, cette activiste est intraitable lorsqu'un certain sens de la nuance, de la précision et de la justesse n'est pas respecté, au profit d'accusations simplistes, de provocations inutiles, de revendications irréalistes. Comme cet entretien le montre, c'est au contraire en alternant le rapport de force et l'accompagnement, la lutte et l'écoute, en accédant à une compréhension fine des motivations, des contraintes et des arguments adverses que l'on parvient à discerner la ligne de crête qui mène aux prochaines victoires, à empêcher des milliers de projets néfastes et à être enfin à la hauteur de l'urgence climatique. Puisse son combat nous inspirer : face aux pollueurs, mobilisons-nous et passons à la vitesse supérieure !

REMERCIEMENTS

Lionel Astruc
Lucie Pinson a accepté de s'extraire de l'actualité dense de son ONG Reclaim Finance pour venir ici, dans les montagnes du Vercors, répondre à mes questions. Ce livre lui doit beaucoup et je la remercie chaleureusement. Depuis trois ans Stéphane Durand et Anne De Malleray, mes éditeurs, accompagnent ce projet avec patience, tact et exigence. Je veux leur exprimer ma sincère gratitude. Au milieu de ce parcours de recherches, d'interviews et d'écriture, en février 2024, une conversation nocturne avec quelques amis chers a fourni l'énergie nécessaire pour aboutir à ce texte. Leur amitié est précieuse !

Lucie Pinson
Merci à Lionel et aux éditions Actes Sud d'avoir mis en lumière le combat essentiel de la reprise en main du secteur financier. Ce livre ne prétend pas offrir des réponses définitives, mais entend nourrir la réflexion et les pratiques militantes de celles et ceux qui agissent face aux défis sociaux et écologiques.

OUVRAGE RÉALISÉ
PAR NORD COMPO À VILLENEUVE-D'ASCQ
ACHEVÉ D'IMPRIMER SUR ROTO-PAGE
EN JUIN 2025
PAR L'IMPRIMERIE FLOCH
À MAYENNE
POUR LE COMPTE DES ÉDITIONS ACTES SUD
LE MÉJAN
PLACE NINA-BERBEROVA
13200 ARLES
contact@actes-sud.fr

DÉPÔT LÉGAL
1re ÉDITION : SEPTEMBRE 2025
N° impr. : 107289
(Imprimé en France)